허튼글, 허턴말,

그러나.... I

허튼글, 허턴말, 그러나.... I

2024년 2월 15일   초판 1쇄 인쇄 발행

지 은 이 ㅣ 양종균(둥지방)
펴 낸 이 ㅣ 박종래
펴 낸 곳 ㅣ 도서출판 명성서림

등록번호 ㅣ 301-2014-013
주   소 ㅣ 04625 서울시 중구 필동로 6 (2, 3층)
대표전화 ㅣ 02)2277-2800
팩   스 ㅣ 02)2277-8945
이 메 일 ㅣ ms8944@chol.com

값 18,000원
ISBN 979-11-93543-45-0

허튼글, 허턴말, 그러나…. I

시 몇 편, 장편소설(掌篇小說 : 꽁트) 몇 마디

양종균

도서
출판 **명성서림**

차례

2부

3부

§ 또 다른 허튼 글 : "시 답지 않은 詩"이지만

절절한 마음을 펴보자 했지만

§ 長篇 아닌 掌篇으로서의 허턴 말,: 꽁트

함께 사는 길

4부

기다림과
그리움에
주절주절
....

낙 서

시詩답지 않은 시를 쓴다면
시인이 아니다

시답지 않은 글을 쓴다고
글쟁이 될까?

시인도 글쟁이도 못되면서
오늘도 낙서만 그린다

낙서
그마저 시답지 않다

잠자리에 들 시간이었지만 읽던 책이 몇 장 남지 않아 그대로 앉아있었다. 언제부터였던지 선풍기 바람이 서늘함을 느껴져 선풍기를 껐다.

갑자기 귀를 자극하는 소리가 들렸다. 뭔가 했더니….

오, 귀뚜라미 소리다. 오랜만에 들어보는 정감 있는 소리, 아직은 여름의 끝자락인 줄 알았는데, 가을의 전령이라는 귀뚜리가 노래하며 가을을 전하는 가 보다.

그 소리가 정겨워 살금살금 걸음 옮겨 소리를 담아보고자….

시상이 떠올라 책상 앞에 앉았으나 한 구절도 쓰지 못했다. 이러고도 시를 쓰겠다고 용을 써보아도…

겉만 보고 흉내만 낸 것 같아 어찌 시라 할 수 있을까? 아무리 봐도 시답지 않다. 그저 낙서였는지도…

「학생시절 국어책에 실린 시작들을 읽으면서 나도 그처럼 멋진 시를 써보겠다고 몇 번인가 씨름하였으나 번번이 한 줄도 못 쓰고는 펜을 놓아야 했다. 그 후 나에게서의 시란 읽는 것이지 쓰는 것이 아니었다.

반백이 되어 어느 날부터인지 시를 쓰고 싶다는 욕구가 일어 시의 a b c도 모른 채 한 줄 두 줄 써보았다. 그러나 그것은 시가 아니라 그저 시의 흉내만 냈을 뿐이었다. 아직도 시다운 시를 못 썼다고 생각하지만 그래 도 시다운 시를 쓰고 싶었기에 마침 '글의 세계'에 도전해보았다.

　당선이 되었다는 소식을 들었을 때 설마 했었는데 현실이었다. 설렘과 기쁨도 잠시. 국어책에 오르내리는 정도는 되어야 시인으로 생각하던 눈 높은 아내가 대뜸 축하한다는 한마디에 더욱 쑥스러우면서, 이제는 시인의 흉내라도 내야 할 텐데 자 뭇 걱정스럽다.

　어쨌든 내 졸작을 시로 인정해준 '글의 세계'에 고마울 뿐이다.」

　시를 쓰면서 내가 어떤 시를 쓸 것인가를 생각한 적이 많다.

　시^詩를 쓸 것인지 시조^{時調}를 쓸 것인지, 또는 동시를 쓸 건지 등을 생각하지만 특정의 형태를 고집하지 않는다. 사실은 어느 분야에 대해 특별히 공부를 한 적이 없기 때문이다. 그저 일반적으로 말하는 시만을 생각하던 중 시조나 동시 등도 써본 것이다. 요즘은 디카 시(dica-시)도 있어 그를 따라 써보기도 했다.

　디카 시를 쓰면서 이왕이면 시에 그림이나 사진을 붙이는 것도, 그리고 배경을 넣어보는 것도 시적인 의미를 살릴 수 있을 것 같아 사진이나 배경을 넣어보았다.

　그러나 여기의 모든 시는 시조, 동시 디카시를 포함하는 하나의 '시'일뿐이다.

　이 역시 '시답지 않는 시'일지도 모른다.

기다림과 그리움

기다림은 행복이다
하루하루 설렘으로 행복하다

기다림은 그리움이다
하루 이틀 기다리며 그리움이 쌓인다

그리움은 괴로움이다
기약 없는 기다림에 괴로움 싹튼다

기다림과 그리움 하나인데
설렘과 괴로움, 둘이 된다

칠석七夕날

사랑이 죄 일러나 상제님 노여움에
은하수 이편저편 사랑을 갈라놓고
저 넘어 마주한 그리움 쌓이고 한이 되어

눈물로 지새우는 견우직녀 애간장
까막까치 뜻을 모아 오작교 만들 세
반가움에 부둥켜안고 설움에 북 받쳤다

천상의 엄한 法道(법도) 미물인들 모를까
오작교 거둬지고 別離(별리)에 흘린 눈물
이 땅에 비 눈물 되어 슬픈 전설 키웠다.

내 그리움과 당신

내
그리움이
싹틀 때면
당신은 미소로만 대답했다

내
그리움이
커질지라도
당신은 언제나 저 편에 있었다

내
그리움이
눈물되면
당신은 저 멀리 떠나버렸다

기다림의 병

오늘이
아닌 줄 알면서도
어제처럼
속절없이 기다렸다

기다림에도
성급함이 있나보다
앞질러 기다려 봐도
그리움만 더할 뿐
내일도 아니건만
기다림은 병인가?

또,
내일을 기다린다
정작 그날이 오면
아픈 가슴으로 울어버린다

강 건너 네가 있어

강 건너 네가 있어
쪽배를 띄웠다

건널 수 없는 강
건너지 못하는 강
건너서는 안 되는 강

그럼에도 힘겹게 힘겹게
노를 저어보지만

쪽 배는
소용돌이에 묻혀
맴돌고 있다.

미완의 그리움

겹겹이 쌓인
그리움

보낼 수 없어
더욱 그립다

한 겹이라도
당신에게 닿을 수 있다면...

나루터 女心

석양에 홀로 앉아 나루터 바라볼 제
그리운 임 생각에 서럽고 야속하다
어찌 잊을 레라 오마 던 그 약속

꽃이 피면 오려나, 꽃 지면 오실까?
꽃 피고 꽃 져도 오지 않는 우리 님께
아직도 내 그리움 닿지 못한 탓 일러나

하루 밤 인연에 만리장성 쌓았건만
달 밝아 깊은 밤에 독수공방 어찌할까?
겹겹이 쌓인 그 외로움 화석이 되었다.

前 꽁트의 '나루터의 여심' 중에서

당신은 석류처럼

당신은 가을과 함께
석류처럼
빨간 설렘을 갖고 왔다
뭇 여름 그 정열
껍질 속에 가두며
가을을 기다렸듯이
아린 세월 남 몰래 품고서
곰 삭여 채운 가슴 안고 왔다

칼날처럼
새 파란 하늘이 그리워
몸부림 용솟음치며
참지 못해 진주 알 토하듯

살 푸시 열린 빨간 입술사이로
세월의 고독을 씹어 뱉더니
다가오는 겨울이 두려웠나보다

가을을 보내는 석류처럼
딱딱한 껍질을 둘러쓰고
당신은 멀리 떠났다.

망부석望夫石

그리움에 그리움이
기다림에 기다림도 있었다
긴 긴 세월에,

그러나 그러나
세월에 세월을 더하며
긴 긴 기다림도 한이 되고

그리움에 그리움은
새 빨간 멍이 되어

이제는 이제는
망부석이 되었다.

동짓달 밤하늘

동짓달
밤하늘 청명한데
반달 같은 조각달 홀로 외롭다

별이라도 있으면 좋으련만
한 조각구름조차 반갑다

시샘하듯 찬바람
구름마저 멀리 보내면
외로움에 더해 추위에 움츠린다

이 밤이 새기까지
얼마나 더 외로워야 할까?

저미는 외로움 이기지 못해
그리운 이 찾아
불빛 아름다운 호수에 숨어든다

그리운 이 찾을 수 없어
먼 하늘
마주 보며 동짓달 긴 밤을 지새운다.

밤하늘 나들이

시름겨운 가슴에 잠 못 이루며
외로움마저 몰려들 때면
허전함을 참지 못해
기어코 밤하늘 나들이 한다

달이 있어 좋다
보름달이면 더 없이 좋으랴
잠깐 보는 초승달도 네 눈썹마냥 예뻤지
반웃음 짓는 상현달도 좋다

새치름 표정 짓는 하현달이면 어떠리
먼동을 기다리며 서녘하늘에 걸린
실눈 같은 조각달은
살포시 눈 감은 네 모습 인양 고왔다.

뒤척이는 밤

선잠 깨어나 이리 뒤 척, 저리 뒤 척
달아난 잠을 뒤 쫓건만
잠은 한 없이 멀리 가버렸다

이 생각, 저 생각 모두가 당신 생각뿐
이제 그만 지워보고자 이불을 뒤집어썼다
칠흑의 어둠속에 당신의 모습 뚜렷하다

잔잔한 미소 품어
내 마음 설렘을 감추지 못한다
언제부터 나만의 독백이 흐른다

뒤엉킨 실타래 풀어보듯
이 말, 저 말 아무렇게나 주절거렸다

그럼에도 당신은 침묵만으로
당신의 침묵이 안타까워
나만의 독백이 서러워
가슴깊이 그리움의 눈물이 고인다

고인 눈물 외면코자 두 눈을 감는다
멀리 떠났던 선잠이
새벽에 업혀 조금씩 다가온다
......
이제야 꿈속으로 당신을 찾아 간다.

잠 못 이루는 밤

어릴 적,
소풍 전날 밤
설렘에 잠 못 이루었지

오늘밤
무슨 연유로 잠 못 이루나

아마도
만남의 설렘이겠지

어릴 적
시험 전날 밤
두려움에 잠 못 이루었지

오늘밤
무슨 연유로 잠 못 이루나

아마도
떠남의 두려움이겠지

설렘과 두려움
앞서거니 뒤서거니
이 밤도
새 하얗게 지새운다.

기다림의 병

오늘이 아닌 줄 알면서도
어제처럼 속절없이 기다렸다

기다림에도 성급함이 있나보다
앞질러 기다려 봐도 그리움만 더할 뿐

내일도 아니건만
기다림은 병인가? 또, 내일을 기다린다

정작 그날이 오면
아픈 가슴으로 울어버린다

오늘

어제가 오늘
오늘이 내일
내일이 어제임을
이제야 알았다

화려했던 어제도
장미 빛 내일도
오늘보다 더 할까?

어제의 그리움
내일의 희망도
오늘로 돌아보니
무위無爲로다

세 월

어제가 초승달
오늘이 보름달

상현 하현
바뀌더니 또다시 그믐달

저 달은 다시
오는데 내 인생 다시 올까

숫돌을 찾아야 하건만,

손과 발이 무디어졌다
더하여 텅 빈 머리에
마음마저 무디어졌다

유비의 脾肉之嘆(비육지탄)
천하를 경작할 세월을 기다렸다지만
내 무딘 것은
게으름의 탓임을 어이 모르리

무딤을 갈아줄
숫돌을 찾아야 하건만
이마저 게으름에 찾지 못 한다

인생을 숫돌에 비유하랴

올드 보이의 푸념

누군가를 사랑하고 싶을 때
"내 나이가 어때서 사랑하기 딱 좋은 나이~"
이 노래가 주책일까

누군가를 사랑하고 싶어서
"내게도 정열이 있다!"
절규하듯 외쳐본다면
이 역시 주책일는지

누군가를 사랑하고 싶을 때
'사랑의 콩깍지'부르며 사춘기 치기를 보인다면
이 또한 주책일까

누군가를 사랑하고 싶지만
그 사랑 주지 못해
받지 못해 남 몰래 아림이 있다
그 아림, 주책이었나 보다.

당신이 오신다기에

당신이 오신다기에
동구 밖에서 서성이었지

초승달 질 때는 오지 않더라도
보름달 뜰 때면 오시려나

그믐달 서쪽하늘 걸려있어도
당신의 자취는 없어라

발길을 돌리면서 이제 서야
당신을 보았지요
내 곁을 스치며
저만치 간 당신을

오늘도 당신이 오신다기에
동구 밖에서 서성입니다.

세월의 넋두리

세월은 가는 것일까 오는 것인가
어제를 돌아보면 가는 세월
내일을 바라보면 오는 세월

紅顔(홍안)의 그 모습은 마음속의 기억일 뿐
거울 속엔 잔주름 얼굴만 보인다

아득히 멀리만 보이던 백발이
半白(반백)으로 성큼 다가섰다

아직도 할 일은 많은데
가는 세월 붙잡고자 오는 세월 막고자
손아귀 힘을 주고
양 무릎 곧추 세워 버티어 보지만
어느 틈 사이 저 멀리 달아나 버렸다

이래저래 세월은 가고 오나보다
오는 세월 가는 세월 모두가 미워라
세월은 그저 나를 데려갈 뿐이다.

아직도 가을이고 싶어라

상강霜降이 지나서
흰 서리 산천을 뒤덮어
내일이면 겨울임을 말하나
한 떨기 국화꽃
청초淸楚함은 변함없다

국향國香은 여전히 꿀벌을 유혹하며
빨간 단풍,
햇살에 더욱 붉고
샛노란 은행잎,
푸른 하늘에 투명하다

오곡五穀이 거두어지고
백과百果가 졌다하나
잎 새는 아직도 붉은데
샛노란 잎 새가 아닐지라도
나는 아직도 가을이고 싶어라...

아파트 가을

아파트에도 가을은 온다

구름 한 점 없는

파란 하늘 이고서

코스모스 피더니

푸른 소나무도

가을을 맞이한다

내 머리에 서리가

윤 7월이 있어 아직은 여름인가
뇌성벽력 비바람에
오삭오삭 닭살 돋아 흔적 없이 가을이다
가을맞이 제대로 못했건만
벌써 상강霜降

오호라!
머리에는 이미 서리가 내렸다
그 놈이 얄미워 흔들고 털어보아도
서릿발은 깊게 묻혀 그 종자를 키운다

서릿발 머리에 이고서
엄동설한 어이 보낼까
술 한 동이 옆에 두고
취기醉氣로 서릿발 녹여 볼까나.

열대야는

낮에는 삼복더위 밤에는 열대야
천지 사방이 찜통이다
방안의 온도계는 30도를 오르내리고
내 마음은 40도를...
선풍기도 더운 지 제 구실은커녕 훈풍이다.

에어컨 바람이 싫다는 궁색한 핑계는 접어두고
에어컨 장만하겠다고 별러 보지만
서른 대의 선풍기가 날려버릴 돈이 무서워
그 때문에 더 한층 열 받는 가슴을 식혀보고자
강변으로 나갔다.

강바람 시원하지만 여기도 만원이다
남녀노소 체면 없이
돗자리 펴고서 늘어 져 있다
저들도 열대야에 쫓겨 나온 것일까?
나처럼 에어컨이 없어 말이다.

열대야는 에어컨이 없는 집에 찾아 든다
이듬해도 에어컨을 장만하지 못했다
온 가족이 폭염과 열대야에 시달려야만 했다.

열대야는 어김없이 찾아온다
에어컨이 없는 우리 집.

언제나 방문을 꼭 꼭 닫던
과년한 딸아이도 방문을 활짝 젖히고
잠 못 이뤄 뒤척인다.

먼지가 귀찮다며 한사코 창문을
닫아대던 아내도
창문을 다 열고서도 덥다는 말뿐이다.

한 여름에도 전기장판을 켜던 어머니는
사람 잡을 더위라며
훌쭉한 젖가슴 풀어 헤친다.

앞집에서 내려 볼까봐
속옷만은 챙겨 입던 나도
훌러덩 벗어버리고 체면 없이 서성인다.

방마다 선풍기는 못난 주인을 원망하듯
힘겹게 돌고 있다.

후덥지근한 선풍기의 지쳐버린 바람 탓에
등줄기에 땀이 흐른다
또다시 물을 덮어 쓰지만
수도 물도 열대야에 맥없이 미지근하다.

삼복 폭염에 찾아온 불청객은
기약 없는 한 줄기 소나기만 기다리는
나를 한껏 비웃는다
에어컨도 없는 못난 놈'이라고.

이렇게 궁상떨며 몸부림치다가
몇 년 전에 에어컨을 장만했지만
그동안 신주 모시 듯 하다가
올해는 종 부리듯 하고 있다.

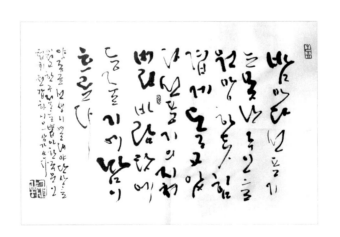

1부 <ruby>長篇<rt>장편</rt></ruby> 아닌 <ruby>掌篇<rt>장편</rt></ruby>으로서의 허턴 말,: 꽁트

삶의
긴
여정에서

소설을 쓴다면 수천페이지를 써 내릴 정도는 되어야 하겠으나 그럴 정도는 못되다 보니 단편을 써본다.

전편에 25편 정도의 글을 써보았지만.... 그럼에도 단편마저도 소설다운 소설을 쓰지 못하면서 콩트 (conte)몇 편을 썼다. '반전과 묘미' 를 찾던 콩트를 쓰면서 콩트가 掌篇이라는 말이 있음에 長篇 아닌 掌篇으로 콩트 아닌 허턴 말을 남겼다.

멀고도 질긴 인연

　김 사장은 지정석에 가자마자 어머님을 정성껏 좌석에 모시고는 간단히 짐정리를 한 후 어머님 곁에 조심스레 앉았다. 아무리 비즈니스석이라 하지만 10시간 이상의 비행은 결코 편한 자리는 아닐 것이다. 더 편한 1등석에 모시지 못한 것이 죄스럽기만 했다. 비행기가 이륙한다는 방송에 다시 어머님을 품속으로 안았다.

　'어머님 이제 아버님 곁으로 갈 겁니다. 어머님이 손수 아버님을 모시고자 오고 갔던 그곳으로 말입니다. 좋으시죠? 저도 이렇게 어머님을 모시고 아버님 계시는 곳으로 가는 것이 좋습니다. 이제 다시는 헤어지지 마시고 재미있게 행복하게 사세요.'

　16년 전 아버님은 월드컵 3, 4위전을 재미있게 보시고는 고향에 가고 싶다는 말을 남기고 돌아가셨다. 아버님의 유언을 받들어 어머님과 함께 비록 한 줌의 유골이나마 이역만리 아버님의 고향으로 다시 모셨던 것이다.

오늘은 어머님을 모시고 가는 길이다. 언제 어디서나 아버님 곁에 있어야 한다는 어머님의 한결같은 뜻을 이루고자 함이다.

어머님은 인편으로 보낸 편지였지만, 30여년이 지나도록 편지에 대한 소식이 없었으나 언젠가 만날 수 있을 것이라는 희망으로 하루같이 아버님을 애타게 그리워하셨다.

눈구덩이 속에 쓰러져 목숨이 경각에 달렸던 자신을 구해준 그 사람. 터키군 하사관이었다. 가끔 보던 푸른 눈동자에 노란머리의 흰 피부색 서양인이 아니라 커다란 눈, 우묵한 눈매가 좀은 이국적이었으나 동네 아저씨처럼 까만 눈동자에 새까만 머리를 한 훤칠한 모습이었다. 피부색이 조금 더 짙었으나 전혀 이질감이 느껴지지 않았을 뿐 아니라, 제대로 가꾸지 못한 구레나룻에 코 수염 때문에 나이를 가름 할 수 없어 아저씨였던가 했더니 22살의 혈기왕성한 청년이었다.

그를 만나서 이 세상 처음으로 한 남자를 사랑하게 되었다. 그리고 오랜 이별이 있었음에도 죽는 순간까지 사랑하였다. 그녀의 사랑은 선택이 아니라 운명보다 더 한 숙명처럼 다가온 것이다. 숙명으로 엮어진 사랑은 아들 덕기가 있어 모진 세월을 더 질긴 인연으로 쌓아갔다.

김 사장은 어릴 때부터 자신의 외모가 여니 사람들과는 조금 다름을 느끼면서부터 혼혈아니, 튀기로 손가락질 받으며 살아왔다. 자신을 혼혈아로 놀림 받게 한 어머님을 무척이나 원망하였으나 불의의 사생아가 아닌 어엿한 아버지, 자랑스러운 아버님을 두게 된 그 사연을 알고서는 어머님을 위로하며 함께 아버님을 그리워했다.

정인(情人)의 나라 터키를 연상코자 아들의 이름까지 덕기로 지었다는 어머님의 말을 듣는 순간 갑자기 명치가 막혀 숨조차 가누지 못할 정도였다. 그 후 아버님의 나라 터키라는 국가에 남다른 관심을 두었다. 대학을 졸업 후 터키문화원에 취업하였다. 행여나 아버님을 찾을 수 있을까 해서이다. 우선 15,000명의 터키군 참전용사 한 사람 한 사람 확인부터 해보았다.

그러나 어머님이 기억하고 있는 똑 같은 이름은 없었다. 비슷한 이름만도 수 천 명이었다. 그럼에도 포기하지 않았다.

86 아시안 올림픽을 즈음하여 어머님과 함께 본격적으로 아버님을 찾아 나섰다. 터키 대사관은 물론 터키주재 한국대사관 영사관의 도움을 받아 한국전쟁 참전용사 중 아버님 이름과 비슷한 명단을 입수할 수 있었기 때문이다.

6.25전쟁 후 외할머니와 함께하던 식당이 지역에서도 지명도가 높을 정도로 번창하여 생활의 여유를 가지면서, 게다가 손자까지

보게 되자 어머님은 전에 없이 아버지를 더 그리워했다. 살아생전 반드시 당신의 아들과 손자를 그분이 보아야 한다고 하셨다.

압둘라는 TV로 서울서 개최되는 88올림픽 개회식을 보면서 감회에 젖었다. '남한'이 올림픽을 개최하다니, 아웅산 테러사건, Kal기 폭파사건 등의 소식을 접할 때만해도 여전히 북한으로부터 침략이나 위협을 받고 있는 불쌍하고 걱정스런 나라로만 생각하였건만, 그 작고 가난한 나라가 올림픽을 개최한다니 믿기지 않았다. 2년 전 아세안 올림픽을 한다는 소식을 들었을 때는 한국이 제법 발전을 하고 있는 가보다 정도로 대수롭잖게 생각하였지만 비록 TV화면으로 보는 것이긴 하여도 2년 만에 보는 한국은 너무도 많이 달라졌다.

'내가 온몸으로 지켜주었던 한국이 이다지 발전하였다니....'

30여년이 지났어도 가슴이 뿌듯해졌다. 비록 그 전쟁 때문에 손가락 발가락을 잃는 부상을 당했고 그 후유증이 오늘날 까지 잔존하고 있으나 한 번도 한국이라는 나라를 원망해 본적 없었다. 비록 아득한 추억의 한 부분으로 남았으나 한 여인을 지극정성으로 사랑했던 연인의 그 나라였다.

그에게 한국이란 나라는 눈 속에 파묻힌 산과 강, 남부여대_{男負女戴} 피난민들의 고난에 찬 모습들이 전부였다.

갑자기 포성과 총성이 들리면서 중공군과 백병전을 벌이며 하얀 눈밭을 피로 물들은 광경이 펼쳐진다.

50년 11월 미군 25사단과 함께 북한군을 제압하며 승승장구 북진하던 중 뜻하지 않는 중공군이 개입하여 적의 2개 사단으로 부터 포위되어 미군과 터키 군이 궤멸위기에 처하였다. .

그러나 'Allahu ekber!(신은 위대하다!)'를 외치며 치열한 전투 끝에 아군은 큰 손실 없이 중공군에게는 큰 타격을 주며 무사히 포위 망을 벗어났다. 그 전공으로 유엔군 최초로 미국의 투르만 대통령 으로부터 부대표창을 받기도 했다. 평안북도의 軍隅里戰鬪였다.

이듬해 1월. 경기도 중 동부지역까지 후퇴하였다. 무슨 날씨가 그렇게 추운지 손발이 얼었다. 고국에서는 보기 힘든 눈을 처음 볼 때는 신비한 느낌마저 들었으나 강풍에 휘날리는 눈보라에 더하여 살을 에는 추위 때문에 새하얀 은색의 그곳은 지옥과도 같았다.

승리를 눈앞에 두고서 크리스마스는 고국에서 지낼 수 있겠다는 희망이 중공군 때문에 좌절되었다. 軍隅里戰鬪를 치르며 눈물의 후 퇴를 하던 중 1월 26일 경기도 용인지방의 금강리 151고지. 고지탈 환을 위한 3일간의 전투는 온몸으로 싸운 처절한 백병전이었다.

눈앞에 있는 중공군을 향해 총검을 휘 둘며 찌르면서 몇 명을 죽였는지 알 수 없었다. 깨어보니 야전병원이었다. 중상은 아닐지라도 온 몸에 상처투성이 이었다. 그러나 그 상처보다는 손발의 동상이 더 고통스러웠다. 결국 오른 손 검지와 왼발 무지발가락 하나씩 절단을 해야만 했다.

중공군 1,735명을 사살하고 3개 대대를 전멸시킨 대 승리였다. 아군의 피해는 고작 12명 전사에 부상자 70여명에 불과했었다. 그이후 터키군은 'God hand!(백병전의 왕자)'라는 이름을 얻게 되었고 중공군은 터키 군을 만나면 지례 도망을 갔을 정도였다. 한국, 미국 양국의 대통령으로부터 부대표창을 받았으며 그도 무공훈장을 받았다.

며칠간 병상에 만 있다가 모처럼 기지 주변에서 산책을 하던 중 한 여인을 발견하였다. 그녀는 눈구덩이 속에 쓰러진 채 의식이 없는 상태였다. 그 역시 성치 않은 몸이었지만 온 힘을 다하여 그녀를 들쳐 업고 야전병원으로 달렸다.

그녀는 몰려오는 중공군과 북한군을 피해 가족과 함께 피난길에 나섰으나 어느 날 북한군의 공습을 피하던 중 가족들과 헤어졌다. 혼자서 서울에 있다는 친척집을 찾아 며칠을 굶주린 채 길을 헤매다 눈구덩이 속으로 쓰러지고 말았다. 조금만 늦었더라면 아사 아니면 동사였을 것이라는 군의관의 말이었다.

문득 잊어버렸던 그 어떤 생각이 섬광처럼 떠올랐다. 그는 얼른 서랍을 뒤져 무언가 찾아냈다. 편지였다. 10 여 년 전, 한국전에 함께했던 전우가 전해준 것이었다. 전우는 그 편지를 이제야 전해주어서 미안하다고 했다. 사실 27년만이었다.

그가 6.25당시 부상 때문에 조기 귀국 후 두 달이 지났을 무렵 전우는 그녀로부터 편지를 건네받았단다. 서툰 터키말로 눈물을 지어가며 꼭 전해달라고 했지만 전우는 곧바로 전할 수 없었다. 부대 이동, 전투참가 등으로 잊어버렸다가 전쟁이 끝나고 귀국 후는 소재지를 알 수 없어 포기하였다는 것이다.

'나 역시 여러 차례 삶의 터전을 옮겼으니 당연히 찾기가 쉽지 않았을 테지…' 그는 그 생각으로 편지를 늦게 보낸 그를 원망하지 않았다.

그러던 중 전우는 1975년 10월 한국의 부산 유엔묘지 기념탑 준공식에 초대받아 갔다가 잊어버렸던 편지가 생각나서 몇 년간 수소문 끝에 뒤늦게 찾았다는 것이다. 편지를 제때에 전해 주지 못해 항상 죄책감을 지니고 있던 중 지금이라도 편지를 전해주게 되어 얼마나 다행인지 모르겠다며 용서를 빌고 빌었다.

모든 것을 바쳐 사랑을 다짐했던 자신도 그 사랑이 한 조각 편린^{片鱗}으로 남았을 정도의 긴 세월이 흘렀음인데 그를 어찌 탓할 수 있으랴. 이렇게라도 잊지 않고 편지를 전해준 것이 고마울 뿐이었다.

편지를 받고서 잊었던 추억을 되살리며 누런 봉투속의 편지를 꺼내봤으나 한글을 모르기에 그 편지를 읽지 못하고 그대로 간직해온 것이다.

'보고 싶다 는 내용일 테지... 안부를 묻고 있겠지. 전쟁이 끝나면 만나자는 말일 테지' 그런 짐작만 했었다.

10여년 만에 다시 보는 편지건만 내용을 모르기는 마찬가지다.

'가족은 찾았을까? 살아 있을 런지? 결혼은 하였겠지. 다시 만나자고 굳게 약속을 하였지만....'

약속을 지키지 못한 죄책감과 회한이 밀려들면서 37년 전의 그때가 주마등처럼 돌아간다.

병상에 누워있는 18살 그녀는 아름다웠다. 이역만리 한국에 와서 그렇게 아름다운 아가씨는 처음 보았다. 고향 마을 처녀들보다 더 곱고 예뻤다. 옆에서 그녀를 지켜 볼 수 있어 얼마나 행복했는지 모른다. 그녀의 맑은 눈이라도 마주치면 숨이라도 멎을 것 같았다. 비록 통역을 통해서 이지만 생명의 은인이라며 방울방울 눈물짓는 모습에 천사의 눈물을 보는 양 가슴이 설레고 감격스러웠다.

며칠간 야전병원에서 보살핌을 받았지만 군병원에서 머물 수 없기에 그녀를 위해 자신의 봉급을 다 털어서 인근 민가에 임시로 기거토록 주선해주었다. 2달도 채 못 되는 기간이었지만 매일 매일 그녀를 만나면서 깊은 연모의 감정을 쌓고 쌓았다. 터기 말 한국말 섞어가며 손짓 몸짓으로 애틋한 사랑을 키웠다.

부상 때문에 전투능력 상실로 마침내 전역 및 귀국명령이 하달되었다. 그녀와 함께 귀국할 수 있기를 상부에 청원하였으나 허가를 받지 못했다.

전쟁이 끝나면 찾아올 것이라며 밤새워 부둥켜안고 이별을 아쉬워했다. 귀국 후 전쟁이 끝나기를 기다리며 귀국하는 옛 부대원들을 통해 그녀의 소식을 듣고자 했으나 허사였다. 구구절절 편지도 써보았으나 보낼 곳을 몰라 가슴으로만 묻어버린 편지가 되고 말았다.

전쟁이 끝났다는 소식을 들었지만 한국까지 가기에는 너무나 먼 거리였다. 처음 몇 년간은 그녀에 대한 뜨거운 사랑이 쌓이고 쌓였기에 한국으로 가고자 무척이나 노력했으나 그녀에 대한 소식을 조금치라도 알 수 없어 무작정 갈수는 없었다.

더하여 하루하루 삶에 쫓기고 지치다보니 그녀의 대한 간절한 사랑은 헤실바실 바래지며 아련한 추억의 한 부분으로만 남게 되었다. 그 추억마저도 30여년의 세월과 함께 망각의 세계로 넘나들었다.

올림픽개회식을 보면서 그동안의 망각에서 기억을 되 살려 낸 것이다.

그녀가 보낸 편지 내용이 궁금했다. 보고 싶다는 말일까? 기다린다는 내용일까? 내 마음을 설레게 했던 '당신을 사랑합니다. 압둘라!' 그 말도 있으려나? 분명히 있을 거야, 있고말고. 얼마 만에 들어보는 말인가? 그녀가 불러준 '압둘라'라는 이름이....

긴 망설임 끝에 수 백 번 외우고 외웠던 말을 마침내 하고야 말았다.

"순이 씨 당신을 사랑합니다."

떨리는 목소리로 더듬더듬 겨우 말했을 때 그녀는 양 볼에 분홍빛을 띄우면서 얼른 눈길을 피하며 고개를 숙였다. 그 역시 그녀를 똑바로 바라보지 못하였다.

'내 사랑을 받아줄까? 거절한다면?' 가슴이 타들어가며, 숨이 막힐 듯, 긴 시간이었다.

"저도 사랑합니다. 압둘라."

고개를 숙인 채 나직한 소리로 속삭이듯 말하는 그녀가 너무도 사랑스러웠다. 그는 순간 그녀를 조심스레 안았다.

수 십 년이 지난 시간임에도 새삼 그녀의 음성이 귓가에 맴돌고 있다. 그녀의 소리에 답이라도 하듯 '사랑합니다. 순이 씨'를 반복하며 읊조렸다. 37년 동안 편지 속에 숨어있는 그녀를 찾고 싶었다. 그녀의 아름다운 모습이 눈앞에 떠오른다. 웬일인지 사슴의 눈망울처럼 애잔한 그녀의 눈은 눈물이 맺혀있다. 그의 영혼마저 녹여

버렸던 그 눈망울이 다시금 손짓을 하고 있는 것이다.

그는 무엇에 홀린 듯 짐을 챙겨 수도 앙카라로 향했다. 나라 동쪽 끝 국경지대 조그만 산골마을에서 그곳까지 가는 데는 꼬박 이틀이 걸릴 것이다. 그러나 그곳에 가면 읽지 못해 간직해온 편지 속에 묻어두었던 그녀의 사연을 들을 수 있다고 믿었기에 허둥허둥 서둘렀다.

한국 대사관 직원을 통해 편지의 내용을 확인한 그는 망연자실했다.

보고 싶다고, 사랑한다고, 기다리겠다고, 그런데 그것보다 백배천배 더한 말이 있었다.

"압둘라, 당신의 아이를 가졌습니다."

숨이 멎어지는 것 같고 눈앞이 캄캄해졌다.

'이럴 수가, 이럴 수가...'

"당신은 아버지가 되는 겁니다. 전쟁이 끝나면 우리 아기는 아빠를 만날 수 있겠지요."

편지 속의 그녀의 말이 생생히 들리듯 했다.

'내게 자식이 있단 말인가? 내가 아빠였다고? 그 아이가 살아있을까? 살아있다면 몇 살이나 되었나? 40살이 가깝구나. 사내아이일까 계집아이일까? 아니지, 아니지, 순 이는 살아 있을까?'

오만생각에 그의 머리는 혼란스러워지고 갑자기 호흡이 가빠지기 시작했다. 안절부절 갈피를 잡지 못한다.

'어찌할 거나? 어찌할 거나? 좀 더 일찍 보았어야했는데....'

충격에 휩싸여 몸조차 제대로 가눌 수 없었다. 한국대사관 직원의 도움을 받아 어찌 어찌 집으로 돌아왔다.

비록 혼자 사는 누추한 집이지만 몇 십 년 동안 구석구석 손때가 묻지 않은 곳이 없는 살가운 집이었건만 이날은 왠지 설렁한 느낌이 들었다.

부상 때문에 귀국 후 곧바로 전역하였다. 무공훈장을 달고 고향으로 돌아 왔으나 소규모 목축업을 하는 가족들에게는 무공훈장이 별 도움이 되지 못했다. 단지 '살라딘'의 후예답게 용맹한 쿠르드인의 자존심을 고양시켰을 뿐이었다. '산악 터키인'이라는 별칭과 함께 소수민족으로 차별과 냉대를 받으며 척박한 땅에서 어렵게 생활해야하는 처지를 벗어나고자 약관의 나이로 군대에 지원하였다. 어렵사리 하사관으로 진급하고 전투에 참가하여 용맹을 떨치며 무공훈장까지 받았으나 고향에서의 생활은 힘겨웠다. 더욱이 동상의 후유증은 겨울이면 그를 심하게 괴롭혔다.

30살이 넘어 가정을 이루었으나 10년 만에 아내는 병명도 모른 채 일점의 혈육도 남기지 못하고 죽고 말았다. 그 후 20여년, 혼자 살았다. 결혼할 여자도 없었고 여자를 맞이할 경제력도 없었기에 그냥그냥 홀로 살았다. 자신이 홀로라는 것을 유별나게 느껴질 때면 죽은 아내를 생각했다가 또 다른 여인의 모습이, 그것도 죽은 아내보다 더 뚜렷하게 떠올려 질 때면 가슴이 찡해졌다.

올림픽이 폐막되었으나 올림픽의 열기가 아직은 남아있던 어느 날 김 과장은 터키대사관으로부터 전화를 받았다.

"혹시 이 사람이 당신이 찾는 사람일지도 모르겠다."

김 과장은 한달음으로 대사관에 도착하였다. 업무관계말고도 아버지 찾는 일 때문에 이미 몇 차례 만난 적 있는 직원이었다.

그는 전송으로 받은 사진과 한 장의 편지를 보여주었다. 사진은 50대 후반의 전형적인 터기 남자였다. 그냥 6.25의 전쟁 중 유복자로 알며 아버님의 사진조차 보지 못한 그가 그 어떤 사진인들 아버님을 떠올릴 수는 없었다. 그러나 눈에 익은 글씨의 한 장의 편지는 그가 그렇게 찾고자 했던 아버님이 틀림없었다. 뿐만 아니라 어머님이 오매불망 그리워하던 '압둘라'가 분명했다. 어머님이 '압둘라'라고 부르던 아버님의 본명은 '칼리르 압둘라흐만'이었다.

"살아 계셨군요. 고맙습니다. 고맙습니다."

사진을 보자 어머님은 눈물을 쏟으며 사진을 가슴에 품었다.

37년 만에 보는 사진속의 그 얼굴은 초췌하고 해쓱 하였지만 우묵하고 부리부리한 그 눈매만은 그대로였다.

'내가 늙었듯이 압둘라 당신도 늙었군요. 왜 이제 서야 찾은 겁니까? 편지를 받지 못했을 까 걱정했었는데, 편지를 보고서도 모른 척 한건 아니었지요? 나는 한시도 당신을 잊은 적이 없었습니다. 당신의 아들 덕기를 볼 때마다 얼마나 그리웠는지 아십니까? 당신에게 아들을 보여주지 못할까봐, 덕기가 아버지를 만나지 못할까봐 애간장 태웠습니다.'

그 오래전 벌써 편지를 받고서도 진즉 소식을 주지 않았던 그가 미운생각도 잠시 들었으나 이날까지 편지를 갖고 있었다는 그 자체만으로 고마울 뿐이었다.

'소식을 주지 못한 사연이 있었겠지. 올 수 없었던 이유도 있었음이야. 딸린 가족도 있었을 테고, 이제는 내가 가야지. 그 사람의 아들과 함께 가는 거야.'

. . .

아들과 함께 김 여사는 만사를 제쳐두고 터키로 서둘러 가기로 했다.

터키정부와 우리정부의 배려로 그들의 터키 행은 그야말로 일사천리로 이루어졌건만, 김 여사에게는 하루가 천추 같은 시간이었다.

"덕기야, 네 아버님께서 나를 알아보실까? 이렇게 늙어버린 나를 몰라보면 어떻하지?"

"애고, 우리 엄마, 걱정도 팔자시지.... 엄마는 옛날 그대로예요."

"그래그래 옛날 그대로 일 테지, 아버지와 헤어진 게 엊그제 같았으니, 그 사이 내가 얼마나 변했을라고."

김 여사는 아들을 바라보며 멋쩍은 듯 빙긋이 웃고는 창으로 고개를 돌렸다. 저 멀리 솜털 같은 흰 구름이 뭉게뭉게 떠있다. 그곳에는 압둘라가 보이는 것이다. 젊었을 때의 그 모습이다.

'당신이 오지 못한 길 내가 갑니다. 우리는 반드시 만나야 했으니까요.'

그 사람이 내일이라도 올 것 같아 오늘 아니면 내일이려니 하면서 기다렸다. 기다림에 지쳐 오늘도 내일도 오지 않음을 번연히 알면서도 또다시 오늘 내일하며 기다릴 수밖에 없었다. 그 사람이 죽었다고 생각해본 적이 없었기 때문이다. 꼭 살아 있어야만 했다. 살아있는 한 반드시 만날 수 있을 것이라는 그 희망만이 그녀 삶의 전부였다. 그 기다림의 수 십 년 만에 이제야 그 사람을 만나러 가는 것이다.

'이게 꿈은 아니겠지요? 압둘라'

사진을 보던 그녀는 눈시울이 뜨거워지며 주르르 뺨을 타고 흐르는 눈물을 훔치고는 그 손수건으로 입을 막았다. 금방이라도 울음이 터져 나올 것 같기 때문이다.

어머님의 그런 모습을 보는 김 과장의 가슴은 짠해졌다.

긴 비행 끝에 당국에서 마련해준 공항접견실에 들어서자 기다리고 있던 그 사람은 '순이'라는 이름만 반복하며 다가왔고 김 여사 역시 '압둘라'만 되뇌며 그를 안았다.

'살아있어 고마워요, 보고 싶었습니다.' 등의 아들로부터 배우고 외웠던 그 말은 한마디도 못 한 채 그렁그렁하던 눈물만 줄줄 쏟고 있었다.

김 과장도 감격의 눈물을 감추지 못하고 두 사람을 함께 감쌌다.

"보고 싶었습니다. 아버님 절 받으십시오."

압둘라는 넙죽 절을 하는 아들을 서둘러 얼싸 안았다.

"내 아들이란 말인가? 정녕 내 아들이라고? '알라'여 고맙습니다! 내가 진즉 너를 찾지 못한 것을 용서해다오."

"아닙니다. 이렇게 뵈올 수 있는 것만으로도 감사할 뿐입니다."

. . .

아버님은 심신이 매우 쇠약해진 상태였다. 누군가의 보살핌이 절실했다. 어머님은 그런 아버님을 모시고 한국으로 왔다.

"내 생명의 은인인 당신께 은혜를 갚겠습니다. 이제는 헤어지지 않을 것입니다. 당신이 나를 지켜주었듯이 이제부터는 내가 당신을 지키겠습니다. 무엇보다 내 아들의 아버지가 아니던가요. 남은 한평생 지아비로 섬길 것입니다."

아버님을 모시고자 할 때 어머님이 했던 말이다.

그 후 아버님은 어머님의 극진한 보살핌 덕분에 기력을 되찾았고 두 분은 늦깎이 신혼부부처럼 행복하게 사셨다. 아들에 더하여 살가운 며느리, 귀여운 손자손녀들과 함께하면서 가족이라는 둥지에서 수 십 년 동안 느껴보지 못한 진한 혈육의 정을 마음껏 누렸다. 그 세월이 15년이었다.

월드컵 4강전에 터키보다는 '대한민국!'을 외쳐가며 재미있게 보신 후 아버님은 갑자기 고향마을 이야기를 자주 하셨다, 그러던 어느 날부터 시름시름 하더니만 마침내 병상에 누우셨다가 며칠 만에 돌아가셨다.

"내가 먼저 가게 되어 미안하오. 순이, 당신은 나의 안식처였다오. 너희들과 함께하여 정말 행복했었다. 고향에 가고 싶구나. 한줌의 재라도 묻힐 수 있다면 좋겠어요."

어머님을 손을 꼭 잡고 편안히 잠자듯 돌아가셨다.

유골함을 두 개를 준비하여 하나는 부산에 있는 유엔 묘지에 안장하고, 그중 하나는 아버님 고향 터키 땅으로 모셨다. 그게 16년 전이다. 어머님은 매년 유엔 묘지와 터어키에서 아버님이신 압둘라를 찾아뵈었다.

이번엔 어머님이 돌아가셨다. 85세의 생일상을 받아 드시고 아버님의 기일을 며칠 앞두고서 '네 아버지가 부르신다.' 며 자리보전 하시더니 이내 돌아가셨다. 증 손주들을 향해 잔잔한 웃음과 함께 '이쁜 내 새끼들~'이란 말씀만 남겼다.

　그때처럼 두 개의 유골함에 나눠 유엔묘지에 아버님 옆에 어머님을 모시고, 아버님의 나라로 어머님을 모시고 간다.

　어머님과 아버님은 멀고도 질긴 인연으로, 그리움과 기다림에, 그러나 행복하게 사셨다. 끝.

월간문학 2021년 5월호 게시

2부 또 다른 허튼 글 : "시 답지 않은 詩"이지만

꽃들의 진정한
속내를 보고자
했으나

꽃과 나비

아직은 숫기 없어,
파란 하늘을 보고파

살짝, 얼굴 내밀다
나비에게 들켰다

네가 숨었다지만
향기는 숨기지 못하거든

꽃과 나비,
진하게 입 맞춘다

명자꽃

남몰래
가슴으로 사랑을 꽃피웠다

불타는 가슴마냥 피보다 붉은 사랑
꽃사슴 눈망울처럼 애잔한 사랑

누가 볼까 수줍어
잎 새 뒤로 숨어들고

남이 알까 두려워
작은 가시로 울타리를 쳤다

억눌러도
커지는 사랑 참을 수 없어
수줍은 듯 빨간 얼굴을 내밀었다.

('글의 세계' 2015년 겨울 호 신인상 등단)

함박꽃

함박꽃, 작약 꽃 하나의 꽃이련만
꽃은 형형색색 현란하다

저 마다 내 자태 더 곱다고
무리지어 뽐낸다

빨간 꽃 예쁘다고 쳐다보면
하얀 꽃이 샘을 내고
분홍 꽃 어루만지면
이 꽃 저 꽃 고개 내민다

아뿔사! 저 산엔
산 목련 함박 꽃 나무도 있었지

순백의 산 목련 피었을까
저 산으로 가보자

오동도 동백꽃

오동도 붉은 동백
활짝 폈더라

4월 해풍에
낙화도 만발이다

꽃 졌다 서러마라
낙화인들 꽃 아닐까

꽃 피어 못다 한 십일 홍
낙화로 십일 홍 일세

나는 이맘 때 쯤 이면 동백꽃에 대한 향수에 깊이 젖는다.

그것도 선운사 동백꽃에.

오늘 신문에 선운사 동백꽃 관련 칼럼이 게재되었다.

그 기자도 나처럼 선운사 동백꽃에 대한 향수가 깊었던가 보다.

며칠 전 태종대에 갔을 때 드문드문 핀 동백꽃을 보았지만

선운사의 기억(추억이라고 해야 하나?) 때문인지 올 들어 처음 보는 꽃임에도 별다른 감흥을 느낄 수 없었다.

내가 선운사 동백꽃을 본 것이 대학 2학년 때가 처음이었다.

절 안으로 들어서자 빨간 동백이 대웅전을 병풍처럼 둘러 나를 황홀케 하였다.

그 후 동백꽃 하면 선운사였기에 벼르고 별러 두어 번 찾아갔지만 그때의 황홀함을 되찾을 수 없었다.

시기를 못 맞추었기 때문이다. 실망에 더해 허탈감마저 품고서 돌아올 때의 그 심경을 미당께서는 벌써 이렇게 써주셨다.

『선운사 골째기로/ 선운사 동백꽃을/ 보러 갔더니/ 동백꽃은 아직 일러/피지 안했고/ 막걸리 집 여자의/ 육자배기 가락에/ 작년 것만 상기도 남었습디다./ 그 것도 목이 쉬어 남었읍디다.』

미당도 아쉬워 한 동백꽃 기억을 올해는 되살려 볼 수 있을는지~
마침내 선운사 동백은 아닐지라도 여수 오동도에서 그 동백을 보
았다. 나무에 피어있는 동백도 좋았지만 바닥에 떨어진 동백은 오
동도전체를 붉은 카페트를 펼쳐놓은 것 같았다.

라일락

네 이름이 수수 꽃 다리 였던가
봄이면 어김없이
산자락 곳곳에 분단장 새색시 마냥
은은한 향기로 뭇 남정네의 유혹을 받았지

향기가 좋아서
정향(丁香)이라 애칭도 있었건만
'미스 김'의 이름으로 물 건너 시집가더니

새 이름 달고 와서
이제는 네 이름조차 낯설기만 하지만
담장 넘어 품는 향기는 옛만 하구나

봄

앞뜰에 홍매화 붉게 폈다
봄이 오는가 보다

샛노란 개나리 돌담을 덮었다
봄이 왔나보다

들녘에 아카시아 향기 바람에 짙다
봄이 가는 가 보다

'아카시아 흰 꽃이 바람에 날리니....'
동요에 하얀 아카시아만 보았는데,
붉은 아카시아가 있더군요.

찔레꽃

여느 꽃 마냥
붉지 않아도
순백의 화려함은
붉기보다 더 한데
어느 누가
손길을 주지 않아도
그들을
하얀 가슴으로 보듬으며
한여름 산자락을
순백의
향기로 풍요롭게 채웠다.

찔레꽃이 흰색인 줄 만 알았는데 붉은 찔레도 있더군요.
'찔레꽃 붉게 타는 남쪽나라 내 고향~'
이 말이 틀린 것이라 생각했습니다.

9월의 장미를...

오월의 장미를 기억하는 당신에게
9월의 장미를 선물 하리
철지난 장미라 내치지 마오
유월의 장마
칠팔월의 폭염마저
여린 꽃잎으로 보듬어
아침이슬 초롱초롱 머금고
상큼한 향기를 내품는
철모른 장미를 선물 하리
한 방울 선혈처럼 빨간 장미
붉다 못해 고혹적인 흑장미
당신의 입술마냥
꽃 분홍, 연분홍 장미와 함께
.....
아! 질투심이 많다는
샛노란 장미도 있지요.

가을소곡

코스모스 흐드러진 벌판
짙푸른 하늘과 더불어
현란한데

군데군데 들국화는
숫기 없는 처녀 마냥
수줍음을 피운다

한 떨기 샛 노랑 무명초는
따사로운 햇살에
눈을 감고

작은 나비 한 쌍
이 꽃 저 꽃 옮겨가며
나풀나풀 사랑을 속삭인다

미끈한 억새풀
가을바람에 맞서
잔 울음 품으며

가을 색으로 치장한 메뚜기들이
앞서간 여름이 아쉬워
떼떼거린다

강물처럼 파란 하늘 향해
고추잠자리 짝을 지어
밀월여행 떠난다

저기 저- 앞산에는
어느덧 단풍이 내리고 있어
어느 詩句가 생각난다

'초록이 지쳐 단풍드는데..
내가 죽어 네가 산다면..'

2001년 '대구 시문학'에 게제

달맞이 꽃

한 여름 뜨거운 태양아래
온몸이 지쳤어도 오로지 당신만을 보고자
산자락 딛고서 고개 내밀고
긴 긴 하루 숨죽여 기다렸다

초저녁
잠시 짬 얼굴만 보이더니
매정스레 자취를 감춰버린
당신이 원망스럽지만
그래도 하루하루 설렘으로 기다렸다

밤을 지세며
도란도란 사랑을 쌓으며
짧은 여름밤이 무척이나 아쉬워
차마 잡은 손 놓을 수 없어

밤 세워 기다리다 먼동이 틀까봐
조바심 속에
잠시잠깐 만남에
멀어지는 당신의 손길 잡지 못해
되돌리는 기다림은 숙명이었다.

또 다른 풀꽃

(자세히 보아야 예쁘다.)
얼핏 보아도 예쁘다
(오래 보아야 사랑스럽다.)
잠시 보아도 사랑스럽다
(너도 그렇다.)
네가 그렇다

나태주의 풀꽃에 덧붙여:('풀꽃')은 나태주 시인의 작품

앵 두

여름 가는 길목에
앵두가 발갛게 익었다

어제는 연분홍 모습으로
수줍은 듯 잎 새에 몸을 숨기더니
오늘은 나보라는 듯
앙증맞은 자태를 뽐내고 있다

이슬에 씻기어 윤기는 더하고
햇살마저 머금어 더욱 붉은데
싱그럽고 탐스러
무심코 손을 뻗는다

속살을 가늠케 하는 탱글한 감촉에
손끝이 전율한다

언뜻
한 여인의 고혹적인 입술이 보인다
정녕 앵두 같은 입술
그 입술 깨물어
달고도 새큼한 맛 입 안 가득 붉게 번졌다.

꽃이기 때문에....

잡초 속에 피어난 꽃이더라

한 떨기 외롭지만

잠시 잠깐 보아도 예쁘다

오래도록 보고 또 보았다

네가 꽃이기 때문이다.

박 꽃

서녘 하늘 노을이 깔릴 때
희디흰 소복의 연인
누구를 기다렸나

그 한 날 뜨거운 열정에
별님인가 달님인가
아침이슬 품어내며
내 한 몸 다 바쳐

동녘 하늘 노을이 덥힐 때
하얗게 바래며 가여운 듯 여물며
내일은 둥근 박이 여물 테지

문화혁명 백과에서는 '박꽃'을 이렇게 설명하고 있다.

〈박꽃은 이른 아침, 샘터에서 물을 길어 온 여인네가 장독대에 단정히 꿇어앉아 상위에 하얀 백자 대접을 받혀놓고 지성으로 기구하는 모습을 연상시킨다.

박꽃의 희디흰 빛깔은 고독 속에 홀로 간직한 청순미와 함께 무섬증이 들도록 섬찟 하면서도 마음을 끄는 가련 미를 느끼게 한다. 대부분의 꽃이 화사한 웃음을 머금고 있는 것에 반해 박꽃만은 그런 느낌과는 달리 눈물과 비애미를 간직하고 있다.

남들이 모두 잠든 밤에 피어있는 박꽃의 모습에서 우리는 어머니나 누이를 생각하게 된다.〉

꽃들의 진정한 속내를 보고자 했으나 **79**

春. 花의 유혹에...

봄이 왔다기에 이곳저곳 봄을 찾아 다녔다
노란 산수유가 병아리 부리마냥
입을 벌리고 봄을 노래하고 있다

엊그제 半開였던 개나리
덩굴 채 샛노랗게 절정을 이루었고
연홍색 진달래는 나를 흥분시켰다

졸졸 흐르는 냇가의 갯버들
눈 뜬지 오래였는지
벌써 하얀 솜털을 품고 있었다

군데군데 화사한 매화
새순을 틔우는 나무들에게
은근한 향기로 봄을 전해주고 있었다

이미 만개한 桃李花
벚꽃을 재촉하더니 질세라
벚꽃도 망울을 터뜨렸다.

'꽃보고 춤추는 나비,
나비보고 웃는 꽃',
어느 시인의 말처럼

꽃과 나비의 節節^{절절}한 사랑은
아직은 이를지라도
春.^춘 花^화의 유혹에 春興^{춘흥}은 솟구친다

수양버들

가을이 온다면 나뭇잎이
단풍으로 물든 다
빨강 노랑 모두들 색깔이 있다

단풍이 들면
낙엽은
우수수 떨 어 진다만

유독 너는 단풍대신
수액 없이 후줄 끈 한
잎 새에 주렁주렁 남아있다

새 봄이 움틀 때
그때야 비로소
옛 잎을 손 쌀같이 거두어

새싹이 나올 때
자그만 꽃씨 하나
움 틔우더니

목욕한 여인처럼
긴 눈 섶 내리깔고
수양버들 하늘하늘 춤을 춘다.

2부 長篇^{장편} 아닌 掌篇^{장편}으로서의 허턴 말; 꽁트

손주들을
위한 동화

여우 살려

숲속의 여우마을에서 회의가 열렸습니다. 나이 많은 할아버지 여우들을 비롯하여 아빠 엄마 여우들 그리고 형 누나 여우들이 함께 모였습니다. 그들 앞에는 이제 젖을 갓 뗀 개구쟁이 여우가 앉아있습니다.

그런데 그 개구쟁이 여우의 모습이 좀 이상합니다. 개구쟁이 여우의 머리에는 플라스틱 병이 쭈그러지고 찢겨진 채 얼굴까지 덮고 있었습니다. 머리통과 얼굴 주변엔 피도 묻어있습니다. 어떻게 된 일일까요?

며칠 전 개구쟁이 여우는 사람들이 사는 마을로 내려갔습니다.

엄마 아빠는 혼자서 절대로 가서는 안 된다 고 했었지만 몰래 갔었답니다.

모든 것에 호기심이 많아 사람들이 사는 곳이 궁금했었기 때문이었습니다. 개구쟁이 여우는 멀리서 몸을 숨겨가며 조심스레 마을 이곳저곳을 구경하고 다녔습니다. 가끔은 멍멍 개들에게 쫓겨 산속으로 혼비백산 도망가기도 했습니다. 이렇게 마을 주위를 돌아다니다 보니 배가 고팠어요.

나들이 나온 삐 약, 삐 약, 병아리를 잡으려다 꼬꼬댁 엄마 닭이 꼬꼬하면서 거칠게 쪼아대서 실패하고 말았지요. 엄마아빠가 있었다면 쉽게 잡을 수 있었을 거라 생각하며 엄마아빠기 있는 여우 마을로 터덜터덜 돌아가고 있었습니다. 조금 가다보니 빈 플라스틱 통을 발견하였어요. 그 통에는 뭔가가 조금 묻어있었답니다.

냄새를 잘 맡는 개구쟁이 여우는 그것이 꿀이라는 것을 금방 알았습니다.

배가 고팠던 여우는 주둥이를 통속으로 억지로 밀어 넣으며 혀를 길게 뽑아 꿀을 핥아 먹었습니다. 비록 많지는 않았지만 달고 맛있었습니다. 혀를 이리 저리 돌려가며 깨끗이 핥아먹고는 주둥이를 빼려했으나 웬일인지 빠져나올 수 가 없었습니다. 어느 틈에 머리까지 통속으로 넣었기 때문이지요.

앞발로서 아무리 벗기려 해도 통은 목에 걸린 채 빙글 빙글 돌기만 할 뿐 머리는 빠져나올 수 없었습니다. 머리가 통속에 있다 보니 숨 쉬는 것도 힘들 정도로 답답하였습니다. 개구쟁이 여우는 고개를 이리저리 돌리며 온몸을 뒹굴며 발버둥을 쳤지만 통의 몸통이 조금 부셔졌을 뿐 이었습니다. 통이 부셔지면서 공기가 새들어 숨

쉬는 것은 조금 나아졌으나 머리는 여전히 통속에 있어 답답하기 짝이 없습니다.

여우는 깽깽 울면서 겨우 여우마을에 도착하였습니다.

엄마 아빠 여우가 놀라서 그 통을 벗겨보고자 했으나 벗길 수 없었습니다. 마을의 모든 여우들이 통을 깨물거나 하면서 여러모로 도왔으나 통을 벗기지는 못했습니다. 다만 통이 많이 부서지긴 하였습니다. 통을 낀 채로 나무에 수십 번 부딪친 덕분이었지요. 그러나 개구쟁이 여우의 머리에도 피가 날 정도로 상처를 입었습니다. 개구쟁이 여우는 괴로워서 매일 캥캥하며 울었습니다.

엄마 아빠 여우는 물론 마을의 모든 여우들도 통을 벗길 수 없어 걱정이 이만저만 아니었습니다.

오늘은 나이가 가장 많은 할아버지 여우가 마을의 여우들을 모이게 하였습니다.

먼저 할아버지 여우가 말을 했습니다.

"저 아이의 목에 걸린 저것을 우리 힘으로는 벗길 수 없으니 어떻게 하면 좋을까?"

"방법이 없습니다. 시간이 지나면 언젠가 벗겨질 수 있을 겁니다. 괴롭고 불편하더라도 그냥 지낼 수밖에 없습니다."

어느 아저씨 여우가 말했습니다.

"싫어요! 너무 힘들어요. 내가 좋아하는 땅굴파기도 못하고, 밥도 마음대로 먹을 수 없잖아요. 앙앙...”

개구쟁이 여우는 울면서 말했지요.

“맞습니다. 그대로 두면 아이가 크면서 목은 졸려질 건데, 그러면 아이가 제대로 자랄 수 없게 됩니다. 그리고 저 물건은 시간이 지난다 해서 그냥 벗겨질 물건이 아닌 것 같습니다.”

“그러면 무슨 방법이 있는 가요?”

엄마여우가 말했었답니다.

“딱 한 가지 방법이 있습니다.”

모두들 깜짝 놀라 그 여우를 바라보았습니다. 마을에서 꾀 동이로 소문난 청년 여우였습니다.

그 여우라면 뭔가 좋은 방법이 있을 거라면서 다음 말을 기다렸습니다.

“사람들에게 가서 사정을 해봅시다.”

모두들 그 말에 깜짝 놀랐습니다.

“무엇이라? 인간들에게 간다고?”

누군가가 고함치듯 소리를 질렀습니다. 그러자 많은 여우들이 수군수군하였습니다.

‘사람들에게 간다고? 안될 말이야~’

‘인간들은 우리를 못 잡아서 안달인데~’

‘우리를 죽여 목도리로 만들 텐데...’

'가죽을 벗겨 옷을 만든다는데~'

"물론 인간들은 우리 여우를 좋아하지 않습니다. 그렇다고 우리 여우를 반드시 죽인다고는 할 수 없습니다. 우리가 사람들을 해코지 하지 않으면 사람들도 우리를 죽이지는 않을 것입니다."

"그렇습니다. 사람들도 불쌍히 여기는 마음은 가지고 있습니다. 저 아이의 모습을 보면 절대 헤치려하지 않을 것입니다."

누군가가 청년여우의 말에 찬성하는 말을 했습니다.

"그것을 어떻게 믿을 수 있어요? 죽이지는 않더라도 동물원 같은 곳에 보내버릴 것입니다."

또 누구는 이렇듯 반대하였습니다.

"흠, 아무래도 사람들에게 가보는 게 좋을 것 같습니다."

아빠여우가 말했습니다. 이어 할아버지 여우도 그렇게 하는데 좋을 것 같다고 했습니다.

"엄마 무서워요~ 앙앙"

개구쟁이 여우는 땅바닥에 뒹굴며 네다리를 허우적거립니다. 엄마여우가 달려가 개구쟁이를 품어주며 달랩니다.

"아가야 무서워마, 엄마 아빠가 있잖니..."

이튿날 해가 뜨자 개구쟁이 여우는 엄마 아빠와 함께 마을로 내려갔습니다.

마을 어귀 덤불속에 숨어 오가는 사람들을 한참동안 살펴보았습니다.

"어제 밤에 산 짐승들이 내려왔나 보네, 우리 집 닭장이 부서졌던 걸."

"맞아, 우리 텃밭도 다 뒤집어놓고 갔어. 멧돼지 같은데. 이놈들 사냥을 하던지 해야겠어."

지나가던 사람들의 말을 들은 엄마 아빠 여우는 덜컥 겁이 났습니다. 사람들이 산 짐승들에게 좋지 않은 감정을 가져 그들에게 잡히면 그 자리에서 죽을 것 같았기 때문입니다.

엄마아빠 그리고 개구쟁이는 더욱 몸을 움츠리고서 여우마을로 다시 돌아갈까 생각하였습니다.

마침 동네의 할아버지와 손자가 함께 지나고 있었습니다. 손자는 커다란 전지가위를 들고 있었습니다.

"할아버지, 왜 사과나무 가지를 잘라야 하는데요.?"

"사과를 튼튼하게 자라게 하려면 필요 없는 가지는 잘라줘야 해."

아빠여우는 손자가 들고 있는 것이 사람들이 사용하는 전지가위라는 것을 알았습니다. 결코 여우를 해칠 물건이 아니라고 생각한 것이지요.

아빠여우는 개구쟁이 여우를 어서 가보라고 밀어내었습니다. 개구쟁이 여우는 무서웠지만 두 사람 뒤를 살금살금 따라갔습니다.

이상한 낌새에 손자가 돌아보았습니다.

"할아버지, 개가 다쳤어요!"

"개가?"

할아버지도 뒤돌아 봤습니다.

"아이고, 요놈은 개가 아니고 여우새끼 이구나. 어쩌다 이렇게 됐지?"

여우는 애잔한 눈망울과 함께 슬픈 목소리로 '살려 주세요~' 하며 캥캥했습니다.

할아버지는 여우를 감싸 안았습니다.

"예? 여우요? 여우는 산에 사는데, 여기는 왜 왔지. 이 상처 봐, 아이 불쌍해!"

"허허 이 녀석이 이것을 벗겨달라고 우리에게 온 것이구면... 오냐오냐 벗겨주고 말고."

할아버지는 손자로부터 가위를 건네받아 목에 걸린 통을 곧 바로 잘라주었습니다.

개구쟁이 여우는 두 사람에게 고맙다며 고개를 두 번 세 번 끄덕이고는 쏜 쌀같이 엄마아빠가 있는 덤불로 폴짝폴짝 달려갔습니다.

가슴조리며 지켜보던 엄마아빠 여우도 멀리서 그들에게 인사하고는 여우마을로 돌아갔습니다. (끝)

『손가락 하트:
Love language made in Korea: Korean Heart
BTS가 세계최초로 사용함』

쌍그네 구르면서

이 글을 시작하면서(prolog)

우리 조상님 중에 『그네』 때문에 인연이 되어 백년해로 하였다.

> 『달성 땅 심어진 남게(나무),
>
> 늘어진 가지에 군디(그네)줄 매자.
>
> 임이 뛰면 내가 밀고 내가 뛰면 임이 민다.
>
> 임아 임아 줄잡지 마라, 줄 떨어지면 정 떨어진다.』

조상님께서 부르시던 노래가 그 지역에서는 아직도 남아있다.

흔히들 그네를 탄다고 하지만 그것은 올바른 표현이 아니다. 서양의 그림을 보면 여성의 다리가 아닌 엉덩이에 걸린 그네를 그것도 뒤에 또는 옆에서 밀어주거나 당겨주는 그네가 아니라, 우리의 그네는 타는 놀이기구가 아니라 운동을 하는 기구다.

다리의 힘을 길러주며 온몸을 탄력 있게 가꾸어주기 때문에 그네는 타는 것이 아니라 그네를 『뛴다.』고 한다.

그네뛰기는 언제부터 시작되었을까?

그네뛰기가 우리나라에서 자생한 것인지, 아니면 외국에서 전래된 것인지, 갓난아기의 요람이 발전하여 그네가 되었다는 견해도 있다. 그러나 우리의 그네는 우리 민족의 고유한 놀이이며 남녀가 함께 즐긴 문화풍속이었다. 세계 어느 나라에도 우리나라 사람처럼 하늘을 향해 솟구치며, 또한 두 사람이 함께 어울려 정담을 나누는 그네가 있던가.   우리나라의 그네에 관한 기록은 고려시대에서부터 나타난다. 고려 현종顯宗 때 중국 사신 곽원郭元이 "고려에서는 단오에 추천놀이를 한다."라는 말을 전했다. 중국 사람이 보기에는 봄맞이 행사에 집단적으로 행사하는 그네뛰기가 그들에게는 특이하게 보였던 모양이다.

고려 고종 3년(1216) 최 충헌崔忠獻은 5월 단오에 개성의 백정동궁栢井洞宮에다 그네를 매고 3일간에 걸쳐서 4품 이상의 문무관을 초청하여 연희를 베풀었다. 최 충헌의 아들 최 이崔怡는 고종 32년(1245) 5월에 비단과 채색비단 꽃으로 장식한 그네를 매었으며, 모두 성대히 옷차림을 하고 주악奏樂에 맞춰 각종 악기의 소리가 천지를 진동하였다. 그네는 독자적인 단순한 놀이가 아니라 잔치의 여러 행사로 되어 있었다. 고려 고종高宗 때 지어진 '한림별곡翰林別曲:8장'에서 그네는 고급스럽고 화려한 이미지로 형상화되어 있다. 이 작품에서 그네는 다산의 상징인 호두나무나 쥐엄나무로 만들어 붉은 줄로 매어져 있으며, 젊은 남녀가 즐기는 놀이로 암시되어 있다.

『~~~그네를 매어 당기 거라 말거라

내가 가는 데 님 이 갈세라 하면서

옥을 깍은 듯 한 섬섬옥수의 두 손길에

손을 잡고 함께 노는 소리가~~~』

한편 이규보李奎報는 그네에 관한 시를 여러 편 남기면서 고려시대에 민간에서 단오에 그네뛰기가 성행했음을 알 수 있다.

『밀 때는 항아가 달나라로 가고

내려 올 때는 선녀가 하늘에서 내려오는 것 같다

위로 뛰는 모습 바라보니 땀이 나네,

깜짝할 사이 다시 돌아오는구나,』

이러한 전통은 조선시대에도 그대로 이어진다.

15세기 후반에 한양 한복판인 종로 네거리 뒷골목에 화려하게 그네 터를 설치하고, 도성을 남북 두 패로 나누어 내기를 하였는데, 장안의 백성들이 모여들어 인산인해를 이루었다. 성종 때 성현 成俔의 용재총화慵齋叢話글에 그네가 높이 솟아올라 방울을 울리는 장면이 묘사되어 있다.

『용인 양 나는 듯 그네를 잡더니

어느덧 반공중 쇠 방울 소리 나네 爭撞彩索如飛龍 金鈴發語半空』
쟁대채식여비룡   금령발어반공

또한 허난설헌은 이렇게 말하고 있다.

『이웃 처녀들 짝 지워 그네를 뛴 다

머리 닿고 수건 쓰고 거의 선녀로세

오색 줄로 바람타고 하늘 오를 때

패옥소리 날제 버들가지 안개이네

그네 뛰고 내려서 고운신발 가려신고

내려와선 말없이 돌계단에 멎어셨네

엷은 모시적삼 땀에 젖어 베이고

떨어진 비녀 누구에게 주어달랠까』

조선 영, 정조 시절 신 광수申光洙의 시에 아름다운 옷을 입은 여인이 하늘로 솟아오르는 장면이 묘사되어 있다. 그리고 '춘향가'의

최초 자료인 유 진한柳振漢의 '만화 본 춘향가晚華本春香歌'에서 춘향은 그네뛰기로 자신의 아름다움을 선녀에 비유하였다.

이외도 홍석모의 『동국세시기東國歲時記』, 김매순의 『열양세시기洌陽歲時記』에 보면 그네뛰기 풍속을 열거하였다.

일제 강점기 시설 무라야마村山智順의 『조선의 향토 오락朝鮮の鄉土娛樂』에 따르면, 그가 조사한 227개 지역 중에서 11개 지역을 제외한 216개 지역에서 그네뛰기가 행해지고 있다고 했으며, 대부분의 지역에서 5월 단오에 젊은 여인들이 그네뛰기를 즐기는 것으로 나타나 있다. 또한 단오뿐만 아니라 사월 초파일부터 단오까지 그네뛰기를 하는 지역이 많고, 젊은 여자들뿐만 아니라 젊은 남자들도 그네뛰기를 하는 지역도 많다고 했다. 그들은 남녀가 함께 쌍그네뛰기도 하였다.

『삼나무 그네 메어 님 과 둘이 어울려 뛰니
사랑이 절로 올라가 가지마다 맺혀서라
저 임아 그러지 말라 떨어질까 하노라』

그네뛰기는 이러한 젊음의 축제에 잘 어울리는 놀이이다. 특히 일상에 갇혀 있던 젊은 여성들은 5월 단오를 맞아 그네를 타고 하늘로 솟으며 젊음을 마음껏 발산하였다.

반보기 행사

며칠 후면 4월 초파일이다. 이제 봄은 짙어지며 초여름으로 가고 있다. 아직 농번기가 아니라지만 밭갈이 하는 농부들의 모습에는 땀방울이 맺힐 지경이었다.

곧 목적지이다. 결혼 후 2년 만에 보는 딸아이를 보게 되는 날이다. 지난겨울에 손자를 낳았다는 소식을 들었지만 가보지 못하였는데 시가에서 반보기행사로 이 자리 자리를 마련하였다. 강변을 따라 펼 처진 들판과 한쪽에는 나무숲이 우거진 여유로운 곳이다.

새벽같이 하인들을 비롯하여 일행들과 함께 바삐 움직여 이곳까지 오는데 몇 시간이 흘렀다. 소달구지에 음식을 실고 마부까지 포함하여 여러명이 분주히 움직이다보니 예정시간인 사시巳時:10시경이다.가되었다.

정자에는 딸아이와 사위 그리고 6개월 된 손자가 기다리고 있었다.

화사한 치마저고리에 색동옷을 입은 손자를 안고 있는 딸아이의 모습은 정녕 즐거운 표정이었다.

딸아이 내외간의 인사를 받은 후 모두들 한자리에 모여 정담과 지나 간 옛 예기를 나누었다.

"아버님, 저 동생 아이, 장가보낼 때 되지 않으셨어요? 이제 호패도 차더니만 의관을 갖추었더니 어른이 다 되었네.”

“그렇지, 장가보내야겠는데, 좋은 자리가 있을까?”

“에이, 누님, 저는 아직 공부를 더해야 되요. 곧 과거도 있는데..”

“과거는 과거고, 때가 되면 장가를 가야지. 제가 좋은 신부 감이 있는데...”

“그러냐? 뭐하는 집안인데?”

“저 시가의 먼 외척인데 아주 마땅한 아가씨요, 저 녀석과 짝 지워 주면 좋을 것 같은데...”

“그렇구나, 언제 한 번 봐와 겠구나?”

“이번 단오 날에 현풍에서 단오행사가 있습니다. 그 때 오시면 빌 수가 있을 겝니다.”

“단오절에? 오 그렇구나. 그날 단오 행사가 있는 모양이구나. 그 아가씨가 그네도 뛰는 모양이지.”

“예, 맞습니다. 그날 오시면 소개해보겠습니다. 그로고보니 아버 님도 그네를 많이 뛰어 보셨지요. 제가 어릴 때 아버님과 함께 쌍그 네를 뛰던 때가 좋았어요. 그날 너도 오면 좋겠다.”

“에이, 저는 그냥 있을래요. 저보다 아버님의 자리가 더 나을 것 같아요.”

“애고, 그렇구나, 아버님도 알아봐야겠는데.... 어머님이 돌아가 신지 도 5년이 되었네....”

"이 녀석들아 내 걱정을 하지 말고, 저놈을 장가보내면 내가 알아서 할 테니..."

그네를 타고 내려온 꽃 신발

딸아이를 시집보내고, 객꾼들은 보내고 혼자서 여행 삼아 봄을 즐기며 냇가에 앉아 발을 씻고 있었다. 문득 저 멀리서 웬 아가씨가 그네를 뛰는 모습이 보였다. 나무에 걸려 그네가 잘 보이지는 않으나 두 명의 아가씨가 그네를 뛰고 있었다. 그네를 뛴다고 하지만 구르기라고도 한다.

아가씨는 그네를 제법 잘 타는 바람결에 치마폭을 감사며 하늘 높이까지 올랐다 내려오는 모습이 딸아이가 그네를 뛰는 것처럼 보였다.

여기도 단오행사가 있는 모양인가?

자신도 소싯적에는 그네를 제법 잘 굴렀다고 할 수 있었는데, 대체적으로 여자들이 많이 하는 행사지만 그네뛰기 행사에는 남자들도 많이 참여하였다.

누가 높이 나느야 에 따라 등수가 갈라졌다. 경기가 끝날 때 즘이거나, 아니면 여흥으로 쌍그네를 뛰기도 한다.

얼마쯤이 되었을까, 아가씨의 잔잔한 비명소리가 들렸다.

"에고, 내 신발이..."

저 앞에서 신발 한 짝이 나뒹굴러 냇가로 흘러들었다. 아가씨는 허겁지급 몸을 추스르더니 신발을 찾아 헤매었다. 신발은 그 아가씨의 마음과 달리 냇가를 따라 움직이다가 어느 곳에서 물에 잠겨 버렸다. 그는 신발이 떨어지는 것을 뒤 늦게야 발견하고서 엉거주춤하고서 얼른 신발을 찾아 나섰다. 두 아가씨가 냇가로 내려와 맨발로 신을 찾고 있다가 그를 보게 되었다.

"허~ 낭자께서는 이 신발을 찾고 계시는 겁니까?"

그가 물에 빠진 신발을 주어 낭자에게 말하였다.

"에구머니, 감사합니...."

"그네를 뛰다보면 신발이 잘 떨어지지요, 이번 단오 날에 행사를 하는 모양이지요,"

"아직 연습중인데,,,"

며칠 전 오리버니가 사다준 신발이었다. 넷 오라비 끝에 막내딸로 자라면서 일찍 돌아가신 부모님들을 대신하여 키워주던 오라버니들이었다.   오라버니들로부터 곱게 자라 이제는 부모와 같은 큰 오라버니와 함께 살고 있다. 큰 오라버니는 15년이나 나이 차가 많아 아버님처럼 모시던 분이었는데, 얼마 전 곧 시집갈 나이가 됐다면서 예쁜 꽃신을 사다주셨다. 어머니나 아버님께서 신발을 사주었다면 좋았을 텐데 하면서 말이다. 비록 오라버니가 사다주신 신발이었지만 항상 아버님이나 어머니가 사 준신 신발이라 생각했었다.

꽃신을 신고서 단오 날에 그네를 멋지게 타보겠다고 했던 것이다.

"열심히 하세요, 이번에 시집간 우리 딸아이도 그네를 잘 뛰었지요."

"어머나, 이번에 시집온 곽 씨 집안의..."

"허허... 열심히 하세요."

쌍그네를 뛰면서...

오늘이 단오 날이다. 한 달 전 딸아이가 약속한 데로 단오행사를 참가키로 했다.

관아 정자에는 현감을 비롯한 많은 사람들이 줄을 지워 앉았다. 사돈댁과 함께 인사를 나누고서 한 자리를 차지하였다.

뜰에는 그네 두 쌍이 설치되어 많은 사람들이 주변을 서성이고 있다.

정자는 물론이고 뜰 주변으로 술이며 떡이며 온갖 안주들이 널퍼지게 차리고서 많은 사람들이 주점벌이와 함께 행사를 즐기고 있었다.

그네는 평지에 두 기둥을 세우고 기둥 윗부분에 가로지른 나무에 매기도 한다. 일명 '땅그네'라고 한다. 그넷줄은 볏짚으로 만든 새끼줄을 매어두었다. 화려하게 꾸미고자 색 헝겊으로 그네 틀을 장식했다. 그넷줄 아랫부분에 두 발을 올려놓는 밑신개는 두품 한 새끼줄로 단단히 매어있다. 그리고 그넷줄을 손으로 잡는 부분에는 부드러운 무명으로 만든 안전 줄을 달아 놓는다. 두 손목과 그넷줄을 매어 놓는 것이다.

그네 앞쪽에 방울 줄을 높이 달아놓고 밑에서 조종하여 방울 줄을 점점 높여감으로써 최고 높이를 측정케 하는 방법이다.

벌써 두 차례의 경기가 있었다. 딸아이도 두 차례의 경기를 끝내었으나 세 번째의 경기는 출전하지 못했다. 애기를 놓고서 연습을 제때에 하지 못했기 때문이다.

딸아이는 결혼하는 그 해에 최고의 상을 받았으나 지난해는 애기 때문에 경기를 하지 못했다.

"아버님, 그 녀석이 왔으면 좋을 텐데..."

"그 녀석은 친구들과 함께 활쏘기 대회가 있는 모양이야. 거기서 일등하면 좋이 상이 있다던데... 그런데 네가 말하던 아가씨는 누구인가?"

"아마 그 아가씨는 이번에도 최고상을 받을 만하지요. 그만한 재주가 없어요. 최고상을 받으면 그 녀석과 쌍그네를 태우고 싶었는데."

"오~라, 여기도 쌍그네를 태우는 모양이구나."

"아, 그러고 보니. 작년에는 제가 쌍그네를 탔어요. 애기 때문에 힘들다고 하는 대도 그 아가씨가 괜찮다면서 억지로 태웠답니다. 아마 재작년에 제가 최고상을 받았기 때문이었다고 말을 했지만...."

"그럴 수도 있겠구면, 그 아가씨가 어떻던?"

"몇 번 만나 뵈었는데 정말 좋아요. 성격이 남자처럼 서글서글하면서... 아버님도 만나보면 좋아 하 실겁니다."

이때 웬 아가씨가 그들 곁으로 닥아 왔다.

"여기들 계셨군요, 오늘 재호 어머님은 실력을 발휘하지 못하시던데..."

"호~ 아무래도 애기 때문에 몸이 잘 듣지 못하더군요, 아가씨 인사하세요, 우리 친정아버님입니다."

"예, 반갑습니다."

인사하는 그녀의 모습에 어디선가 본 느낌이 들었으나 얼핏 떠오르지 않았다.

"아가씨, 오늘 우수상을 받게 되면 누구와 쌍그네를 태울 건가요?"

"태울 사람이 있어요, 내가 꼭 점지한 분이 있는데,,,."

"그래요? 그 분이 누구인가? 혹시 신랑 되실 분이신가."

그녀는 별다른 말없이 웃음만 짓고는 그네 쪽으로 달려갔다.

몇몇의 남자들은 이미 경쟁에서 탈락이 되었다.

여인들은 연분홍 갑사치마를 푸른 하늘에 휘날리고 허리를 굽혀다 펴며, 새카만 댕기머리는 하늘에 치솟다 얼굴에 달라붙기도 했다.

어~영차, 영~차 몇 번인가 뜀박질 하더니만 한 아가씨는 아무도 잡지 못하던 그 방울을 울리고 말았다.

'챙그랑, 챙그랑~~'

몇 명의 경쟁자를 물리치고 최고의 상을 받게 되었다.

모두들 환호하는 가운데 이제 쌍그네 구를 사람이 누구인가를 기다렸다.

마침 그녀는 가쁜 숨을 몰아쉬며 쌍그네를 탈 사람을 찾는 모양이다. 그녀는 신고 있던 신발을 자그마한 함에 담고는 부녀가 앉아 있는 그들 앞에 나타났다. 그녀가 들고 있던 함에는 꽃신이 들어있었다.

그녀는 신발을 들고서 부녀 앞에 나섰다.

"혹시 이 신발을 기억나는지요?"

그녀는 수줍은 듯 말을 조심스레 꺼냈다.

'그렇구나, 그녀일 줄이야.... 이년 전에 보았던 냇가의 그녀가...'

그녀가 신발을 들고서 자신을 향할 줄은 꿈에도 몰랐던 것이다.

"아버님 이 신발이 뭔가요?"

딸아이는 무척이나 당황하였는지 응급 결에 물었다.

"글쎄다...,"

"어르신을 만나 뵙기를 2년을 기다렸습니다. 이 꽃신을 신고서 어르신과 함께 쌍그네를 뛰고 싶었습니다."

. . .

쌍그네는 동성끼리 많이 타지만 이성이 타게 되면 부부간의 짝을 맺는 법이라 모두들 어리둥절하였으나 그녀는 단호하게 말하였다.

"저는 제가 간직한 이 신발처럼 서방님으로 영원히 모시겠습니다. 오늘은 어르신과 함께 이 신발을 신고서 뛰어볼까 합니다."

"아니 아가씨가? 우리 아버님을..."

"잃어버렸던 제 신발을 찾아 준 어르신과 함께 쌍그네를 뛰우 고자 오늘 날 까지 기다려왔습니다. 언니와 함께 쌍그네 구르면서 어르신을 기다렸습니다. 저를 밉게 여기지 마시기 바랍니다."

그녀는 재작년에 있었던 그 일을 소상 없이 얘기하면서 잃어버린 신발을 찾아준 그 남자가 영원히 간직하고픈 남자가 되었다는 것이다. 그녀가 알 수 있었던 건 집안의 먼 친척이었던 사람의 친정오라비라는 것 밖에 몰랐으나 이런 저런 소문으로 그를 알면서 더욱 그를 흠모하였던 것이다.

그녀의 오라버니 중 큰 오라버니는 한마디 거들었다.

"허, 시집가라고 재촉해도 안하던 것이 무엇 때문인가 했더니만 이런 일이 있었구먼, 그래 오늘 사장어른을 뵙게 되어 좋습니다. 허허..."

. . .

쌍그네는 두 명이 함께 동작을 할 때 호흡을 맞춰야 하는 점이 어렵다. 발은 한발씩 엇바꾸어 놓이게 한다. 처음에는 4~5회 자연스럽게 구른 다음 점차 힘을 준다. 두 명 중 한 사람이 앞으로 뛰고, 한 사람은 뒤로 뛰게 되어 있으므로, 두 사람 다 서로 앞으로 나갈 때에는 팔을 완전히 펴면서 엉덩이를 발판 아래까지 닿게 하여 내밀어야 한다. 이때 상대편은 자세를 낮추면서 몸을 뒤로 힘껏 당겨주어야 호흡이 잘 맞는다.

'어르신, 쌍그네 구르는 솜씨는 여전하십니다. 당겨주고 밀어주며 함께 행복하게 살아요...' (끝)

산삼 먹고 나은 용왕님

옛날 아주 옛날, 동해바다를 다스리는 용왕님이 살고 있었습니다. 용왕님은 깊고 깊은 바다 속 용궁에서서 동해바다를 통치하였습니다.

바다의 수많은 물고기와 생물들은 용왕님덕분에 아주 평화롭고 풍요롭게 살고 있습니다. 그러던 어느 날 갑자기 용왕님은 중한 병에 걸려서 일어날 수 가 없었습니다. 유명한 의사들이 온갖 약으로 치료를 하였으나 효과는 없었고 용왕님의 병환은 점점 더해졌습니다. 이 소식을 들은 바다 속의 모든 생물들은 근심하며 용왕님의 병환이 하루빨리 낫기를 기원하였습니다. 덩치 큰 고래가 걱정이 되어 긴 한숨과 함께 바다위로 몸을 솟구치며 물을 품어내었습니다.

"아~ 용왕님이 빨리 병이 나으셔야 텐데~"

때마침 고래 등 위에서 잠시 쉬고 있던 갈매기가 고래의 이야기를 듣고서 얘기합니다.

"조선 땅의 금강산에는 명약들이 많다던데, 그곳에 가면 용왕님의 병을 낫게 하는 약이 있을 것이요."

고래는 그 얘기를 얼른 용궁에 전달하였습니다.

용궁에서는 곧바로 신하들과 의사들이 모여 회의를 하였습니다.

"금강산에 명약이 이 많다는 소문을 나도 들었습니다만, 용왕님 병에는 무슨 약이 좋은 것인지 알 수 없습니다."

"산 짐승들의 간이 좋다는데 그 중에서도 토끼의 간이 좋다고 들었습니다."

조상대대로 의사집안인 유명한 의사가 말했습니다,

이에 모든 의사들은 토끼 간을 약으로 사용키로 결정하였습니다만 토끼 간을 구할 수 있는 방법을 몰라 고민하였습니다.

이때 별주부라는 벼슬을 가진 거북이가 앞에 나와 말했습니다.

"바다와 육지를 오갈 수 있는 제가 토끼의 간을 가져오겠습니다. 용왕님께서 토끼에게 용궁으로 초대하는 초대장을 써주시옵소서."

이렇게 하여 거북은 토끼 그림을 품에 안고 땅위로 올라와 금강산으로 갔습니다.

아름다운 꽃과 울창한 숲이 우거진 금강산은 정말 아름다운 산이었습니다. 처음 보는 일만이천봉 금강산의 아름다움에 잠시 넋을 잃었던 거북은 열심히 토끼를 찾아서 이리저리 걸었습니다.

"빨리 토끼를 찾지 않으면 용왕님이 돌아가실지도 몰라..."

이곳저곳 헤매던 중 저기 커다란 나무아래서 낮잠을 자고 있는 토끼를 발견하였습니다.

"저게 토끼가 맞는 것 같아!"

거북은 얼른 가슴속에 품고 있던 그림을 꺼내어 보았습니다.

'기다란 귀. 짧은 꼬리,~ 분명히 그림과 똑 같은 동물이었습니다.'

갈매기로부터 전해들은 토끼 모습을 용궁의 최고 화가가 그린 것입니다.

거북은 슬금슬금 토끼 곁을 다가갔습니다.

갑자기 토끼는 귀를 쫑긋 세우고 눈을 번쩍 뜨고는 두리 번 하면서 도망갈 준비를 하였습니다.

"어이구, 단잠을 깨워 죄송 하외다. 귀가 커서인지 잠귀가 매우 밝습니다 그려~"

"뉘시오? 오라 거북님이 아니시오? 그런데 댁은 어찌 그리 크단 말이요? 나는 지금까지 당신처럼 큰 거북은 보지 못했는데~"

"아. 나는 저 바다 속의 용궁에서 온 별주부라는 거북이외다."

토끼는 바다 속 용궁이라는 말에 깜짝 놀랐습니다.

"용궁이라 했소? 용왕님이 사신다는 그 용궁이란 말이요?"

"그렇소. 내가 토 선생을 찾고자 얼마나 고생한 줄 아시오?"

'나를 찾다니요? 내게 뭔 볼일이 있어서요?'

"아~ 토 선생을 우리 용궁에 초대하기 위해서요. 며칠 후면 우리 용궁에서는 해마다 큰 잔치를 여는데 올해는 육지에 있는 동물을 초대키로 하였는데 마침 토 선생을 초대키로 하였다오. 자~여기 용왕님이 보낸 초대장이요"

"아니 그 많은 짐승 중에 하필이면 나요?"

본디 의심이 많던 토끼는 여차하면 숲속으로 도망갈 준비를 하였지만 거북이가 자신을 해코지 않는 것을 알았지요. 그래서 안심하고는 빨간 눈동자를 굴리며 거북이가 내민 초대장을 읽어보았습니다.

"그렇지만 나는 헤엄도 못하는데 어떻게 용궁까지 갈 수 있단 말이요?"

"그건 걱정할 것 업어요. 여기 널따란 내 등에 타고 있으면 되는 것이외다."

순간 거북은 자신의 등가죽을 위로 치켜들었습니다. 등가죽이 위로 치켜들자 아래는 널찍한 방이 있고 밖을 내다볼 수 있는 투명한 장막까지 쳐져있습니다.

"내가 토 선생을 위해 특별히 마련한 방이요. 자~ 어서 갑시다."

토끼는 용궁에서 자신을 초대한다는 말에 기분이 좋아서 얼른 좋다고 대답했습니다. 곧 거북의 등을 타고 바다 속 용궁으로 갔습니다. 육지에서는 느릿느릿하던 거북은 바다 속에서는 아주 빨리 헤엄치며 달려갔습니다.

기기묘묘한 바위, 울긋불긋 형형색색의 산호, 비단결 같은 수초, 가지각각의 크고 작은 어여쁜 물고기 등. 토끼가 금강산에서는 보지 못한 아름다운 모습에 넋을 잃고 있는 사이 마침내 용궁에 도착하였습니다.

그런데 용궁에 들어서자마자 병사들이 달려들어 토끼를 꽁꽁 묶어 용왕님 앞으로 끌고 갔습니다.

토끼는 발버둥 쳤으나 소용없이 용왕님 앞에 꿇어앉혔습니다.

병상에 누었던 용왕님은 간신히 일어나서 토끼에게 말했습니다.

"토끼야, 미안하구나. 내 병을 고치려면 너의 간을 먹어야 된다 하니 어쩔 수 없구나."

그때서야 토끼는 자신이 왜 용궁에 오게 되었는지 알게 되었습니다.

꼼짝없이 죽게 된 토끼는 잠시 고개를 숙여 뭔가를 생각하다가 용왕님을 바라보며 웃으며 말했습니다.

"용왕님, 저의 간으로 용왕님의 병환을 고칠 수 있다니 정말 다행입니다. 하온데 육지에 사는 짐승들은 바다 속의 고기들과는 달라 간을 일 년에 몇 번씩 물에 적셔 햇볕에 말려야 합니다. 때마침 저는 간을 말리고 있는 중이옵니다. 육지에 가서 그 간을 드리겠습니다."

"그게 정말이야? "

"저를 데리고 온 별주부님과 함께 가시면 알 것이옵니다."

그리하여 토끼는 거북의 등을 타고서 다시 육지로 왔습니다.

토끼는 바닷가로 오자마자 거북의 등에서 뛰어내려 폴짝폴짝 산으로 뛰어가면서 거북에게 말했습니다.

"여보시오 별주부 나리, 세상에 간을 떼 내고 사는 짐승이 어디 있단 말이요?"

거북은 토끼에게 속은 것을 알고 분했지만 용왕님의 병을 고치기위해서 반드시 토끼를 잡아가야만 했기에 토끼 뒤를 쫓았습니다. 그러나 느린 거북의 걸음으로는 토끼를 잡을 수 없었습니다.

그래도 거북은 느릿느릿 걸음으로 여기저기 산속을 헤매며 매일같이 토끼를 찾고 있었습니다.

그러던 어느 날 토끼가 거북 앞에 나타났습니다.

"용왕님에 대한 거북 나으리의 충성심에 내가 감격하였소. 토끼 간으로 용왕님의 병을 고친다는 것은 잘못 아신 거요. 그러나 죽은 생명도 살린다는 진짜 명약을 드리겠소. 자 이것을 드시면 용왕님의 병이 반드시 나을 것이요."

토끼는 이상하게 생긴 약초를 한 아름 내놓았습니다.

그것은 금강산에서만 자라는 명약중의 명약인 산삼이었습니다.

거북은 감격하여 고맙다며 몇 번이나 고개를 숙이며 절을 하고는 산삼을 품에 안고 바다로 갔습니다.

용왕님의 병은 그 산삼을 먹고서 감쪽같이 나았습니다. (끝)

월간문학 '현대작가' 3호(2019년)

절절한 마음을
펴보자 했지만

몰래한 사랑

구구절절
쓰고 싶어 펜을 들었다

끝내는
사랑이라는 두 글자만
가슴에 썼다

하고픈 말이
간절하여 전화기를 들었다

끝내
사랑한다는 그 말은
가슴속에 묻고 말았다

달빛의 유혹

가을 밤 깊어 질 때
공허한 마음 가눌 길 없어
달빛의 유혹에 마냥 거닐었다

둥근 달은 티 없이 고우나
구름 한 점 없는 하늘이 외로워
연못으로 뛰어 든 채
또다시 알몸으로 목욕한다

잠 시 잠시
바람결에 몸을 숨기며
나를 향해 손짓한다
함께한 그림자마저 유혹한다.

잊어버린 粉 香氣

문득
그녀에서 분 향기를 느꼈다
40여 년 잊어버린
은은한 향기

어머님께 사주신
아버님의 코티 분
장미송이가 그려진 粉藿을
가슴에 품으며
하늘만치 좋아하시던 어머님

장롱 깊숙이 묻어두고
모처럼 나들이 에
손거울 마주보며 톡톡
찍어 바르셨다

새색시 같다는 아버님의 말씀에
연 다홍 수줍은
미소와 함께

그윽한 향기를 품어 낼 때면
열 살배기 소년은
분 향기에 취했다

아직도 그 粉^분이 있음일까
되찾은 그 향기를
먼 세상
어머님께 보내고 싶다.

合掌하는 여인

부처님 가피를 가슴으로 받아
두 손 모아 합장하고
경건히 무릎 꿇어 엎디어 받들며
그 소원 보듬은 채 다소곳 일어선다
한번 두 번 열두 번

윤사월 뙤약볕 따가운데
이마엔 땀방울이 송골송골 맺혀도
오로지 한 마음으로 108배
마주 앉은 부처님은 무념무상
잔잔한 미소만 띄우는데
온몸이 땀으로 베어도 또다시
108배

누구를 위한 기도인가
무엇을 향한 염원인가
번뇌 털고 해탈코자 함이 아니옵고
淨土世界 極樂往生 그 또한 먼 훗날
정토세계   극락왕생

이 순간 다만
속세의 인연을 위해
내 한 몸 기꺼이 사를 뿐이다
구슬땀 방울방울 방석을 적시며
헤아리는 염주 한 알 한 알
자식이 보인다
지아비가 있다

여인이여,
당신의 그 마음 이미 부처인 것을!

못 본 해돋이

해돋이 보고 싶어 먼 - 길 왔었건만

구름 가려 노을만 바다 속에 잠겼다.

갈매기도 아쉬운 마음

노을 따라 잦아든다.

물안비를 찾아서

「詩人이 그다지 사랑했던
'물안비'를 찾아보았다
이곳저곳
다녀 봐도 그녀는 볼 수 없었다
그러나 문득
아침이 되어서야
그녀의 품속에서
나 역시 밤을 지새웠음을 알았다
천년의 세월을 안고 온
여인의 품이기에
그녀의 가슴은 한없이 포근했다.」

물안비,
물안비 난 너를 사랑해
따스하고 포근한 너의 품안에
살며시 기대어 사랑한다고
너에게만은 속삭이고 싶은 이 마음,
아무도 모를거야,
아무도 모를거야,
물안비 사랑해 정말 사랑해
내가 너를 좋아하니까,
(이광식 작 '물안비')

*물안비: 수안보의 옛 이름

새재鳥嶺를 넘으며

산, 계곡,
이다지도 높고 깊어
그러기에
새들도 쉬어 넘는 다지

창창울울 나무 많아
뭇 짐승 보금자리 틀고
한 가닥 샘물 더욱 맑아
선녀마저
발길을 머물게 했다

수 천 길 낭떠러지에
빼꼼한 단풍나무
가을을 뽐내고
저 멀리
젖먹이는 아낙의 가슴마냥 푸근한
들녘엔 벼가 익어 좋다

살포시 굽어 도는 실개울조차
조약돌 줍는
아가의 손길인양
예쁜데

갓 쪄온 찰 강냉이처럼
모락모락
연기 품는 농가 또한 한가롭다

홍도, 흑산도

거기 네가 있어
언젠가는 만나야 할 숙명처럼
기다림에 목말라
사무치는 그리움이 쌓였다

너는 언제나
노을인양 붉은 가슴을 보듬고
상냥한 미소 머금으며
엊그제 오늘도 꿈속에 있었다

거기 네가 있어
높은 산 바다 만 리 먼-곳 있어도
주저 없이 설렘으로 너를 향해
한 걸음으로 달여 가리,

네가 거기 있어
기다림과 그리움에
숯처럼 검게 타버린 내 가슴,
이제는
네 품에 포근히 잠들어 행복하다.

당신의 봄은?

산과 들, 봄을 뽐내고
꽃, 나비, 벌마저 봄을 즐긴다

시냇물 송사리 봄을 휘젓고
봄을 안은 아낙은 산나물 캐건만,

멀리서 온 당신,
아직도 봄은 저 멀리 있다

소롯 소롯
눈 쌓이듯 다져진 그 사연

이제는 화석처럼 굳어져도
그 아픔 홀로 보듬으며

고운 눈 내려감아 처연한 그 모습,
기약 없는 세월을 기다림인가

당신은 허상

당신은
구름 속에 가려진 달처럼
달 따라 흐르는 구름처럼
잡을 수 없는
잡히지 않는 허상이다.

당신을 따라
흐르는 물길 함께
하염없이 거닐어도
언제나 당신은
물결에 흩어지는 달빛마냥
모을 수 없는 허상이다.

잡을 수 없어
잡히지 않는 허상을 뒤 쫓는 내 마음
허망하여
허공의 구름 속 나락으로 한 없이 추락한다.

나는, 나는
추락의 끝이 보이지 않을 지라도
언제나 그랬듯이 당신을 뒤쫓고 있다.

첫눈을 기다린다

늦가을 초겨울 바람은 스산한데
단풍은 잦아들며 낙엽이 쌓이듯
겹겹이 스민 외로움 계절만을 탓할까

손끝을 에는 삭풍은 아니라도
여기저기 가랑잎 모양 없이 나뒹굴 때
먼 하늘 흰 구름 보며 첫눈을 기다린다.

눈 오던 날

잔뜩 찌푸리며
마침내 울음보가 터지 듯
눈이 펑펑!

하늘은 잿빛이나
눈 쌓인 세상은 가히 없이 맑다
칼바람 매섭지만
소록소록 눈밭은 더없이 포근하다

하 -얀 눈송이 한줌 먹어
순백의 차가움이
가슴으로 젖어들며 눈물이 난다.

오월의 염천

가슴으로 받는 햇살이 따가워
숨이 막혔다
그 햇살을 등으로 돌렸더니
곧바로 등줄기에 땀이 흐른다
7월 삼복이면 그러려니 하건만
아직도 단오가 내일 모래인데

헉!
37도를 웃도는 염천일세!
이 염천 104년 만이라지

올여름 삼복더위
앞서 맞으면 좋으련만
100년전 삼복은 어떠했을까

7월 염천
8월 열대야
벌써 주눅이 든다.

〈2014. 5. 14. 단오를 앞둔 날〉

너는 홀로가 아니다

뱃길이 멀다고 외로울까
독도갈매기
노랑부리 백로
큰 날개 접으며 네게로 안기고

파랑 돔 흑 돔
얼개비늘 붕어
꼬리치며 네게로 찾아들며
너는 외롭지 않다

망망대해 한 점의 바위섬인가
동해바다 한 가운데
척하니 앉아서

태극기 휘날리며
후지산(富士山) 후원 삼아
백두산 한라산 바라보며
삼천리강토가 네 아니 더냐

이어도 마라도 함께 손잡고
태평양 건너뛰어
5대양 6대주
네가 놀 곳 아니더냐.

아우내 함성

열일곱 꽃다운 소녀
매봉 산 봉화대에 올라
힘차게
높이, 높이 횃불을 들었다.

겨레 향한 소녀의 열정
횃불은 천지를 뜨겁게 밝혔다.

옳거니!
때맞추어 참았던 함성이
아우내 곳곳에 터져 나온다.

대-한! 독-립! 만세-!
대-한! 독-립! 만세-!

손에 손마다
마을 마을 곳곳 태극기 물결~~
삼천리가 진동하며,
하늘, 땅도 놀랐다.

총칼도, 죽음도 막지 못한 아우내 함성
그것은 피맺힌 절규였다

열일곱 소녀의 붉디붉은 순결과 함께
아우내 함성은
겨레의 제단에 선혈을 바쳤다.

아~! 이제는
우리 영혼의 흔적으로 남았다.

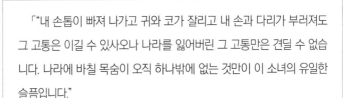

「"내 손톱이 빠져 나가고 귀와 코가 잘리고 내 손과 다리가 부러져도 그 고통은 이길 수 있사오나 나라를 잃어버린 그 고통만은 견딜 수 없습니다. 나라에 바칠 목숨이 오직 하나밖에 없는 것만이 이 소녀의 유일한 슬픔입니다."

모진 고문으로 인한 장독으로 순국한 유관순 열사의 눈 감기전의 유언이다.

오늘 조선일보를 통해 처음 알았다.

열사의 이름은 익히 알았지만 유언은 처음인지라 읽으면서 콧날이 찡하며 눈시울이 붉어졌다.

불현듯 초교시절 '유관순' 영화를 보며 '유관순 누나' 노래를 합창하며 울었던 기억이 생생하기에 비록 졸작이지만 열사님을 생각하며 한줄 적어봅니다.」

明鏡止水^{명경지수} 계곡물에,

明鏡止水^{명경지수} 계곡물에 발을 담그니
뼈 속까지 여며드는 서늘함에
전신의 땀방울은 흔적 없이 사라지고
물소리만 콸콸 온 몸을 두드린다

아희야
막걸리 한 사발 가져 오렴
동동주면 더욱 좋다
億劫^{억겁}을 이어온 저 물소리
벗 삼아 한 잔 한 잔 할 거나

이 순간
억겁이 아닌 刹那^{찰나}일지라도
한 잔술에 물소리마저 평온하니
찰라 인들 억겁이 아닐까

꽃사슴

너는
이산 저산 누비는 날렵한 꽃사슴
이 세상 다 보고자 눈망울 초롱하다

하늘이 그리워 정상으로 다름 질 하더니
그 마저 아쉬워 긴 목을 곧게 펴고
먼 지평선을 바라본다

초원을 내달리며
목마름에 호수에 뛰어들어
단숨에 바닥까지 마셔도
갈증을 풀지 못해
더 큰 호수로 뜀박질 한다

뿔이 없어
암사슴인가?
뭇 사슴들이 뒤 쫓는다.

바다는 내 그리움

바다는
내 그리움처럼 한량없다

저 바다를
감싸 안기에는
내 가슴이 너무 작다

자맥질하는
갈매기 가슴보다 작다

짙푸른 바다는
파란 하늘을 삼켰다

하늘을 삼킨 바다는
큰 파도를 토하며 바위를 때린다

하얀 거품을 품은 물보라는
내 그리움인양 높이 솟는다.

성난 파도

하얀 거품을 물고 질풍처럼 달려들더니
스르르 뒷걸음질 친다

뭍으로 오르지 못한 분함인가
멀리 수평선 저 넘어
나갔다가는 다시 돌아오고
한 발짝 더 다가서도
끝내는 오르지 못해 기죽어 물러선다

파도가 이를 곳은 어디일까
먼발치 그리움이 있는 곳
끝없는 되풀이 속에서 몸부림만 더한다.

가을을 찾아

색색의 코스모스 길이 아니더라도
수수한 들국화가 핀 들녘을 걸어보자
가을 향기 옷자락에 베이도록...

저 곳에 숲이 있다면
빨강 노랑 단풍이 있겠지
아직은 물길 품은 낙엽들이
가을바람 그네 삼아 한 겹 두 겹 쌓일 테지

조심스레 한 걸음 밟아 본다면
가을 냄새 물씬 풍길 텐데
한 모금 남은
수액마저 증발하고
들국화 시들기 전에
빨강, 노랑 단풍 색 바래 기 앞서
가을을 찾아보자.

속리산

겹겹의 산줄기 병풍 삼아
포근히 자리 잡은 대 가람
장엄한 청동불상 중생을 굽어본다.
첩첩 봉우리 구름 속에 잠겨드니
하늘과 땅이 이곳으로 모이고
신선이 넘나들 제
천길 계곡에 바람이 휘몰면
산이 울고 나무가 운다

기암절벽 아름드리 외로운 소나무
천년의 風霜을 이겨온 듯 孤高한데,
큰 바위 감싸 안고 내리쏟는 폭포수
億劫의 세월마저 물보라에 머물며
太古의 신비가 품어난다

세속에 묻은 때 여기서 씻겨지니
어이 속세에 미련 두리

속리산, 속리산...

미운사랑

좋아한다는 그 말이
예뻐라!

내 사랑 모른척하여
미워라!

사랑이란 말을
어디에 숨겼나

행여
잊은 건 아닐까?

매 미

생명의 싹을 틔어
열 달을 채우며 100년을 살고자 함인데
그것도 짧다며 바둥바둥 한다지만,

너는
겨우 몇 날을 살기 위해
10년을 기다렸구나
이름처럼 굼뱅이로

따뜻한 봄날도
시원한 가을날도 좋으련만
하필이면 땀내 젖는 뭇 여름에

기다림의 세월이,
찰나의 생애가 한스러워
온몸으로 울어 댄다
매-앰, 찌르르...

담쟁이

내가 못 그린 산수화
담쟁이가 그렸다
일 년 사철
화구도 없이
온몸으로 그린다

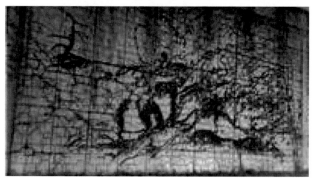

連理枝 比翼鳥
<ruby>連理枝<rt>연리지</rt></ruby> <ruby>比翼鳥<rt>비익조</rt></ruby>

어제의
만남은 오늘의 축복으로
오늘의
축복은 내일의 행복으로!

연리지로 만나고
비익조로 만나세

언제나
사랑에 사랑을,
믿음에 믿음을,
웃음에 웃음을 더하길!

18년아 반갑다

18년아 반갑다
네가 온다기에 언제부터
동구 밖에서 기다렸다

十七年^{십칠년}은 힘 들었다
모질고도 독한 십 칠년 이었지
丁酉年^{정유년}이 아니고 酊猷女ㄴ^{정유녀} 되었더냐

개도 아닌 것이 개 女ㄴ^녀, 개 哞ㅁ^노 이었다
미친개 발광하듯 물고, 지 뜯고 하더니만
그래서 벌써부터
豺捌女ㄴ^{시팔녀}도 되고 屎捌奴ㅁ^{시팔노}도 되었단다

이제 너만은 십팔녀ㄴ은 되지 말고
십팔노ㅁ도 되지 말자
진정 복실 강아지 마냥
戊戌年^{무술년}, 什八年^{십팔년}이 되어다오

유혹

숨겨둔 욕망

참다

참다

어느 날 불쑥

누구를

유혹할거나

3부 長篇 아닌 掌篇으로서의 허턴 말,: 꽁트

함께 사는 길

가야금과 거문고의 합일

문무왕7년(668년) 군대는 당나라 요동지역을 거쳐 압록강을 건너 평양성을 공격하였고 신라는 김유신을 총사령관으로 하여 고구려의 평양성을 공격하였다.

고구려에서는 1개월간 나당연합군에 항전하였으나 결국 함락당하고 말았다. 이로써 고구려 왕조는 막을 내리게 되었다.

평양성이 함락된 후 고구려 유민들은 각지에서 부흥운동을 전개하였다. 대형 劍牟岑은 窮牟城을 근거지로 하여 세력을 규합 후 安勝을 추대하여 왕으로 삼고 당나라에 대항하였다. 그 후 안승은 신라에 항복하고 金馬渚(현재의 익산)에서 고구려왕으로 책봉되어 고구려 유민을 다스리게 하였다. 이들 유민들은 신라와 연합하여 대당 투쟁을 전개하였다.

당나라는 신라까지 병합하려고 신라 땅이던 卑列城(지금의 안변)과 한성주(지금의 서울) 까지 편입하려고 했으며 이에 신라는 당 군을 몰아내고자 과업을 실행하였다. 이때 백제 및 고구려 유민들은 또다시 대 당 투쟁을 위해 많은 노력을 하였다.

문무왕9년(670년) 3월에 薛烏儒(설오유)가 이끄는 신라군과 太大兄(태대형) 高延武(고연무)가 이끄는 고구려 유민군이 연합해 압록강을 건너가 당 군을 토벌하면서 본격적인 나당전쟁이 개시되었다. 문무왕 10년(671년)4월에는 신라군이 당군 5,300명을 石城(석성) 싸움에서 몰살시켰고, 문무왕 11년(672년)1월에는 가림성에 쳐들어온 당군을 격퇴했다. 그리고 그해 7월에는 高侃(고간)과 李謹行(이근행)이 이끄는 당군 1만 3,000명을 평양 근처에서 패퇴시켰다.

문무왕 12년(673년) 2월에는 유인궤가 이끄는 당군이 瓠盧河(호로하)(지금의 예성강)를 건너 七重城(칠중성)(지금의 적성)을 공격했으나 그곳을 지키고 있던 신라군민들의 완강한 저항으로 격퇴당하고 말았다. 7월 초하루에 김유신 장군은 승하하고 당 군은 김 유신장군의 죽음을 계기로 다시 침략하고자 문무왕14년(675년) 9월에 설인귀가 통솔하는 수군을 보냈으나 泉城(천성)에서 격파 당했다.

이렇게 많은 전투에서 패배를 거듭하던 당군은 문무왕15년(676년) 이근행을 총사령관으로 하여 20만 명의 대군을 買肖城(매초성)에 주둔시키고 신라에 대한 대대적인 공격을 계획했다.

· · ·

이럴 쯤 신라에서는 안변에 신임 군주가 부임하였고 그에게는 어여쁜 딸이 있었다.

그녀의 이름은 초롱이다. 화려한 꽃은 아니지만 산야에 많이 핀 청초한 꽃이다. 그녀는 이곳으로 오자마자 벼르고 벼렸던 금강산을 보고자 짐을 샀다. 활을 매고 검을 지닌 채 머리는 뒤로 묶고 치마가 아닌 바지차림으로 나섰다. 함께한 이는 아버지 막하에 있는 장수다. 그는 화랑으로 있다가 얼마 전부터 아버지의 장수로 부임했다.

춘천과 진부령을 지나서 내설악을 거쳐 해금강을 바로 보이는 구성봉에 이르렀다.

"낭자 저곳이 바로 선녀와 사슴을 구한 총각과 사랑을 맺은 구성봉입니다."

"어머나 정말 멋져요, 어서 그 쪽으로 가 봐요."

"그럼 저쪽으로 가볼까요?"

두 사람은 바닷가를 연하는 길을 따라 말을 달렸다. 구성봉은 바다와 육지를 연결하면서 푸른빛을 담으며 조용하게 서있다. 연못주변에는 초목들이 우거져 아름다웠다.

정말 선녀들이 목욕할 만큼 정갈하였다. 어디선가 꽃사슴이라도 튀어나올 것 같고 그 사슴과 총각이 연을 맺어 구성봉에서 선녀들과 마주할 것 같았다.

"그 총각이 아이를 셋만 낳고 선녀에게 선녀 옷을 보였다면 여기서 멋지게 살았을 텐데요,,,"

"하하 그렇지만 그 사슴 때문에 다시 하늘로 가서 재미있게 살고 있지 않았습니까?"

"아이고, 그러나 여기가 더 좋을 것 같은데요, 이런 곳에서 함께 살면 얼마나 좋을까요,"

그런데 어디선가 화살 시위소리가 들리더니 건너편의 사슴 한 마리가 활에 맞고서 퍼덕거렸다. 두 사람은 깜짝 놀라 주위를 살폈다. 마침 한 청년이 사슴에게 닥아 서면서 화살을 뽑아버리고 사슴을 메고 나서려는 참이었다.

'깜짝 놀랐어요. 활 쏘는 솜씨가 대단하구려. 말을 달리면서 그렇게 활을 정확히 쏘다니요.'

남자가 큰 숨을 쉬면선 한 말이었다.

허지만 활을 쏜 남자는 별다른 말없이 그들을 처다 보고는 말없이 다시 사슴을 메고서 저 뒤편에 있는 말을 향해 선걸음으로 닥아 섰다.

초롱낭자는 선녀와 나무꾼, 사슴과의 얘기를 생각하다가 갑자기 사슴이 죽은 것에 때해 언짢은 것을 감추지 못 하던 지라 조금은 반발심이 있어 그를 향해 활을 쏘았다. 물론 그를 쏘고자함은 아니었으니 그의 주변의 나무에 맞혔다.

"어디 사는 누구시오. 우리 백성이 맞는가요?"

그녀의 말에 '나는 고구려 사람이요' 하면서 말을 타고 달렸다.

"고구려 사람이라고!!"

"아직도 고구려 사람이 있다니..."

두 사람 모두가 깜작 놀라듯 했다.

고구려가 망한지도 8년이 되었건만 아직도 고구려라는 이름을 지니고 있단 말인가?

물론 이쪽지역이 고구려 땅이라 하지만, 100년 전 까지만 해도 신라의 땅이었으나 고구려의 세력에 밀려 고구려 지배로 있었다. 그러나 삼한통일이 되면서 백제, 고구려 모두가 신라인 될 수밖에 없을 터인데 ...

초롱낭자는 언짢은 생각을 하고 있을 때 장수인 그가 한마디 건 냈다.

"이쪽지역에 고구려 유민이 많이 있다던데... 혹시 고구려 부흥 군이 아닐런지요."

"부흥 군이라면? 저들도 신라 사람인데 당나라군이 이 땅을 잠 식하고자 난리인데 누구를 위한 부흥 군일까요?"

"호오라, 낭자, 오늘은 날이 저물고 있으니 삭주 쪽(오늘의 고성 군 이다)에서 쉬기로 하지요"

초롱낭자 일행은 바닷가 어느 마을에서 휴식을 취했다. 아직 보름은 아니었으나 훤한 달빛이 바닷물에 어리어 풍광이 교교하였다.

주막에서 차 한잔 깃들이며 정담을 나누는데 어디선가 현금소리가 들렸다. 가야금과는 다른 소리였다. 가야금보다는 굵은 소리이나 그 소리는 청아하기 그지없었다.

"이게 무슨 악기인가요? 가야금은 아닌 것 같은데... 소리가 듣기 좋군요."

"이건 아마 거문고 같은데, 이곳에서는 가끔 들어볼 수 있는 악기입니다."

"거문고 소리? 고구려 왕산악 명인이 만들었다는 玄鶴琴^{현학금}을 말하는 건가요?"

"맞습니다. 검은 학이 날아와 춤을 추었다는 거문고입니다."

초롱 낭자는 그의 말에 귀를 기울 리며 소리가 나는 쪽으로 고개를 돌렸다.

"거문고를 보고 싶습니다."

그들은 거문고소리를 따라 가보니 한적한 정자에서 누군가가 거문고를 타고 있었다.

좀 더 가까이 다가서는 거문고를 타는 모습을 말없이 지켜보던 중 그가 거문고타는 것을 멈추었다.

"웬 손님들이신가요?"

그는 '술대'를 잡고서 두 사람을 쳐다보았다.

"예~ 거문고소리가 좋아서..."

초롱낭자는 고개를 들어 그를 쳐다보는 순간 저어기 놀랐다. 그 남자는 낮에 구성 봉에서 보았던 그였다. 그런데 그 남자가 먼저 말을 건넸다.

"아~ 낮에 보았던 분들이었군요. 이리들 앉으시지요. 마침 술도 있으니 한잔 드시지요."

그는 반주를 내어 놓았다.

"낮에는 제가 미안했습니다. 괜스레 활을 쏘아서요..."

"두 분께서는 어디서 오셨는지요? 금강산으로 가시는 모양입니다만,,,"

"맞습니다. 이 낭자는 안변의 군주님의 따님이 됩니다. 저는 막하에 있는 장수입지요."

"그렇군요. 저는 이 부락의 민초입니다. 전에는 고구려 사람입니다만..."

그는 검모잠의 창년 장수로 있었으나 안승의 세력이 약화되자 뜻을 맞는 사람들과 함께 이곳에서 생활을 하고 있었다. 그러나 그런 말은 하지 않았다.

"이제는 신라 사람이 아니던가요. 우리가 삼한 통일을 하였는데...."

장수가 말을 하자 초롱낭자도 그 말을 이었다.

"그렇습니다. 이제 우리가 한 민족으로 같이 살아야 합니다."

"한 민족이라 구요. 허허, 고구려와 신라가 합의해서 한 민족이 된 것이 아니고, 고구려가 망했으니 한 민족이 된 겁니까? 그것도 당나라를 끌어들여서..."

"그건 외교상의 문제가 아니겠습니까? 무엇보다 당나라가 우리를 자꾸만 침략하고 있는데 그들을 무찔러야 하겠지요."

장수가 한 마디 하였다.

"무찔러 보십시오. 그러면 진정한 통일이 될까요?"

말을 끊으면서 그는 술 한 잔을 마셨다.

"그렇다고 언제까지 고구려 사람으로 살 수는 없지 않을까요? 당군을 무찔러야죠."

초롱낭자가 힘주어 말하고는 말을 있는다.

"당나라군과 싸우기 위해, 년 전에 돌아가신 김유신장군께서도 80의 노구를 이끌고 싸우셨습니다."

"허~ 김유신 장군께서... 막리지였던 연개소문장군과는 가까운 사이라고 알고 있었는데 그분과 함께 힘을 합쳤다면 이런 일은 안 당했을 텐데..."

"무슨 말씀이에요. 신라가 백제와 싸울 때 고구려와 연합하고자 했을 때 연개소문장군께서 반대하지 않았나요?"

초롱낭자가 반문하였다.

"글쎄요. 저도 잘 모르겠습니다. 여러분이나 저나 태어나기전의 일인걸요. 어쩌면 연개소문은 삼국이 서로 현상유지를 하려고 했던 것은 아닐 런지요? 그 와중에 선왕께서 자신의 일로 백제를 멸하겠다고 도움을 요청했으니 반대할 수밖에 없지 않겠습니까?"

김춘추 왕이 합천의 대야성 성주였던 자신의 사위 내외가 백제와 전투 중에 죽음을 당하고 그 자리에서 묻혔던 사건을 말한다.

"어찌 그것을 대왕의 사적인 일이라고 만 단정할 수 있을까요. 신라가 중요한 요충지인 대야성을 회복하기 위한 것일 수 있잖습니까?"

장수의 말이었다.

"회복을 하고자 한다면 신라 자신이 하면 될 테인데 그것을 다른 나라와 합작을 했다니..."

"단순히 대야성을 뺏기 위한 전투는 아니었잖습니까? 백제라는 나라와 싸우기 위한 전략이었지요. 왜국과도 협상하기도 했고요. 그때 개소문 장군이 협상을 잘 했더라면..."

낭자는 두 사람의 언쟁하듯 한 말을 자제하듯이 김유신장군의 얘기를 했다.

"참. 연개소문 장군께서 어릴 때 김유신 장군 가족들과도 인연을 맺은 것으로 알고 있는데, 그때 김유신장군의 누이와도 사랑을 하였다는 얘기도 있잖습니까?"

"허, 초롱낭자는 별 것을 다 알고 있습니다. 우리는 잘 모르는 얘기지만, 김유신 장군 댁과는 인연이 있었다는 얘기는 듣긴 했었지만."

연개소문이 어릴 적에 반대파의 음모를 피하고자 신라에 갔었다는 얘기를 들은 적이 있었기 때문이다.

"김유신 장군의 누이께서 나이 삼십이 되도록 혼자 있었다는 것이 어쩌면 연개소문 장군을 기다린 것은 아닐까요? 호호"

"하하~ 초롱낭자는 역시 여자이군요... 누이께서 그토록 오래 기다렸다는 것은 그럴 이유도 있었던 모양입니다. 하하~ 모르겠습니다. 거문고소리를 듣고 싶다고 했지요. 내가 한 곡조 뽑겠습니다."

그는 거문고를 켜며 소리를 내었다. 가야금과 달리 '술대'를 울리며 내는 소리라 손가락으로 짚어 내는 소리와는 매우 달랐다.

빠르게, 길게, 그리고 중간소리로 소리는 반복되면서 어깨를 들썩이고 고개를 저어가며 가락은 계속되었다.

재상이자 악기의 장인인 왕산악이가 만들고 노래를 지은 100여 곡이 고구려 천지를 널리 널리 불리게 했던 곡이다.

"어땠습니까? 신라의 가야금과 비교해보니..."

"소리가 굵으면서도 청아합니다."

"우리 초롱낭자도 가야금이라면 보통이상인데, 함께 들어봤으면 좋겠습니다만..."

"그렇게 하면 좋겠습니다. 며칠 후 보름달 때 이곳에서 같이 가락을 듣기로 하면 어떨까요?"

초롱낭자는 생긋 웃으며 말했다.

· · ·

달이 무척이나 밝았다. 파도소리가 조금은 시끌시끌하지만 한 사람 한 사람 켜는 가락에 묻혀 바다는 더 없이 조용하듯 했다.

초롱낭자가 가야금을 켜고 나면 그는 거문고를 뜯었다. 검은 학이 날아와 춤을 추었다는 거문고 소리다. 두 사람은 번갈아가며 음률에 잠기다가 어느 사이 함께 합주하며 온몸으로 가락을 즐겼다.

거기 또 한 사람은 검을 들어 칼춤을 춘다. 화랑이라면 누구나 익혀온 花郎舞이다.
_{화랑무}

"장군께서 추시는 화랑의 춤이 신라에 있다면 고구려에는 皀衣先人들이 갈고 닦았던 춤이 있지요. 한 번 보실까요?"
_{조의선인}

그도 칼을 들고서 한바탕 춤사위를 벌였다. 화랑무나 조의선인의 춤이 비슷하면서도 그의 춤은 좀 더 경쾌한 맛이 있었다.

"연개소문장군께서 쌍검으로 추시던 그 칼춤은 수나라, 당나라에서도 이름이 자자했지요. 오죽했으면 당나라가 고구려와 전투에서 대패하여 쫓겨날 때, 연개소문의 쌍칼무도에 주눅이 들었으면 개소문의 쌍칼을 조심하라 했겠습니까?"

"그런 일도 있었구려. 이제 그 무도를 당나라에게로 돌렸으면 합니다만..."

「가야금 섬섬옥수,

거문고 술대 울려지며

가락은 등기 둥둥

화랑 舞 한 걸음

仙人의 춤사위 두 걸음

모두가 하나 되어

바닷가를 삼키고

해금강의 鬱鬱한 나무들

하늘 향해 치솟았다」

초롱낭자가 창을 하며 가야금을 울렸다.

안변의 모든 군사들은 무장을 한 채 도열을 하고 있다. 초롱낭자도 군마를 타고서 전선에 서있다.

매소성 일대에 당군은 이근행을 총사령관으로 하여금 20여 만 명이 집결하여 일촉즉발 전투태세가 고조되어 신라로서는 모든 사력을 다해 지원을 아끼지 않는 것이다.

"장군, 그분이 오실까요?"

"기다려 봅시다. 곧 도착할 테니... 그 사람도 당군을 무찔러야 한다고 했잖습니까?"

"당군을 무찌를 뿐 아니라 신라 사람으로 살아야 할 텐데요~"

"초롱낭자가 파라랑 공주와 아브틴 왕자의 얘기와 그들이 우리의 당나라 전쟁에서 이룩한 업적에 대해 많은 감동을 받은 것 같은데요. 허허"

서쪽 멀리 있는 페르시아가 멸망하자 왕자 아브틴이 중국을 거쳐 신라로 왔다가 공주 파라랑 과의 인연으로 부부가 되었다. 그리고 대당 전쟁에서 많은 공을 세운다. 근년에는 페르시아로 돌아가서 페르시아를 부흥하고 있다.

'안승장군이 재기할 수 있으면 좋으련만...' 그가 초롱낭자의 예기를 듣고는 한 말이었다.

마침 저곳에서 일말의 장정들이 들어오고 있다. 1천여기의 장병들이 대를 갖추어 보무당당히 걷고 있다. 그도 늠름한 모습으로 말을 탄 채 지휘를 하고 있었다,

"오셨군요."

초롱낭자는 그에게 다가가서 인사를 건넸다.

"우리 삭주지역에 있는 고구려인 유민들이 만든 부대입니다. 안승장군께서도 출전을 하셨을 겁니다. 이번에 당나라군대를 완전히 소멸시켜야 할 것입니다."

"맞는 말씀입니다. 화랑 무와 선인의 춤이 큰 날개를 편다면 우

리는 대업을 이룰 것입니다."

"나는 가야금소리가 점점 좋습니다. 전쟁이 끝나면 초롱낭자로부터 가야금을 배워볼 것입니다."

. . .

신라군은 매소성에서 주둔한 당 군에 대해 일대 반격전을 전개하여 수많은 당 군을 살상했으며, 군마 3만 380마리와 3만여 명분의 무기를 노획하는 대승리를 거두었다.

11월에는 설인귀가 이끄는 당나라 수군이 당나라로부터 伎伐浦^{기벌포}(지금의 금강 입구)에 쳐들어왔으나 신라 수군에게 완패당하고 말았다. 이로써 당 군은 신라에게 완패하고 웅진 도호부와 안동 도독부를 폐쇄하고 물러났다. 그로부터 신라는 한 민족으로 진정한 통일이 되었다.

페르시아에 갔던 아브틴은 결국 나라를 재건하였다. 그리고 처가댁인 신라를 위해 많은 노력을 아끼지 않았다. 그 후예들이 신라의 중요한 자리를 맡았다. 끝

우리는 함께 살아요

　무슨 날씨가 이런가? 아직 장마가 아니건만 비가 잦다. 그것도 그냥 줄기차게 쭉쭉 내리는 비가 아니라 조금 전에 오던 비가 언제 왔더냐 하듯이 해가 쨍 하게 비추더니 얼마 후면 또다시 비가 내리는 것이다. 어떨 때면 폭우처럼 쫙 내리더니 지금은 조용한 편이다.

　이곳은 산허리에 올망졸망 몇 채가 있는 섬 아닌 섬 같은 곳이다. 저 앞의 둑이 있는 곳이라 이곳은 바위가 듬성듬성 솟아있고 물줄기가 그 바위를 지나 가파르고 세차게 흘러가는 곳이다. 때문에 날씨가 다른 곳에 비해 좀은 별나다고 하지만 요즘처럼 변덕이 심한 적은 없는 편이다. 옐리노 현상 때문일까? 그놈의 기후가 여기까지 애를 먹이는가?

　얼른 집으로 가야겠다. 꼭 비가 왔어야만 가는 것이 아니다. 약도 다 챙겼겠다. 머지않아 저녁이 올 때쯤이면 지금쯤 갈 때가 된 것이다. 아내에게 밥도 먹여야 할 것 같고 뭣 보다 상처부위인 욕창

처리를 해야 하기 때문이다. 그러하지 않아도 얼마 전에 아내로부터 전화가 왔었다.

"비가 오는데... 조심해서 오시라고."

저 앞의 도로는 둑을 따라 큰 도로로 가는 좋은 길인지라 차들이 많이 있으나, 외딴 다리를 지나 산을 끼고 도는 소위 한적한 전원주택지인 조용하긴 이루 말할 수 없는 곳이다.

해가 조금은 일찍 지고 늦게 뜨더라도 산허리에 한 집씩 이곳저곳 건너뛰며 20여 채가 나이 많은 노부부들이 살고 있다. 누구는 작은 밭일을 하는가 하면 누구는 글을 쓰기도하고, 누구는 그림도 그리곤 한다.

나는 글을 조금은 쓴다지만 누구처럼 이름 있는 작가는 아니다. 퇴직 후 글 몇 편 쓰고 소설책 한권을 낸 것이 다. 책을 판 수입은 거의 없지만 어쩔 수 없이 작가흉내를 내고 있지만 사실은 아내 때문에 여기로 왔다. 이제 1년이 조금 넘었다.

70이 넘은 아내가 제 나이도 잊은 채 무거운 것(?) 들다가 아차 하는 순간에 넘어져서 골반을 다쳤다. 게다가 경추부분도 이상해졌다. 휴대폰은 탁자에서 멀리 떨어져 있었기에 어느 누구한테도 제대로 연락도 못하면서 그 자리에서 몇 시간동안 거의 반 혼 수 상태로 있었다.

나는 그날따라 모처럼 회식이 있어 누군가와 술 한 잔에 얘기를 나누다가 늦게 서야 집에 돌아 와보니 그런 상황이었다.

　황당히 병원에 입원하였으나 아내는 하반신 마비에 상체를 자기 스스로 제어할 수 없는 몸이 되었다. 양쪽 팔이 조금 어둔한 편이 있으나 큰 지장은 없는 것이 다행이다. 하지만 아내는 자신의 형편을 알고서는 죽겠다면서 몸부림을 쳐셨다.

　'이런 몸으로 어떻게 살겠는가... 내가 죽는 것이 가족들 모두를 위해 좋은 것 아니냐... 등등'으로 음식을 끊기도 하며 울부짖으며 지내더니만, 치료만 잘 하면 마비증상도 나을 수 있다는 자식들의 얘기를 귀담아 들었는지, 아니면 큰 아들이 교수로 승진하였고 둘째인 딸아이는 오 년 만에 둘째 애기를 가지는 등 경사가 겹치어 모든 것이 좋게 되는 것 같아서인지, 어느 날 부터 밥도 잘 먹으며 지금처럼 지내왔다.

　병원에 가기 전부터 아내는 가끔씩 침대모서리, 의자 등에서 부딪치고 하면서 얼마동안 치료를 하느라 고생한 적이 있다. 항상 조심하라고 하였건만 그것은 그냥 내가 그냥 한 소리밖에 안되었다.

　나이가 들어 골다공증. 단백질 부족, 등등으로 아내와 함께 몸보신용 약을 먹긴 했어도 그 효과는 내가 보기에는 '글쎄' 이지만. 나야 누구 못지않게 건강하다고 했지만 젊은 친구들이 봤을 때는 어딘가 문제가 있었을 것 같다. 얼마 전에는 운전을 하다말고 조수석에 있는 우산을 치우다가 뭐가 잘못되었는지, 어쩌면 동작이 떠서 그런지 모른다만 아차 하는 순간에 우산대에 눈을 찔여 그 눈 때문에 수술도 하는 등 1년 동안 애를 먹은 바 있었지만, 그 사항이 젊었을 때는 재바르게 조치하였을 사항을 나이가 들다보니 행동을 제대로 못한 것이었음을 의사 친구들을 통해 알았기 때문이다.

병원에서 아내는 2개월 정도 치료하고는 이곳으로 자리를 옮겼다. 불과 30분 정도의 거리에 병원도 있는지라 아들, 딸 모두가 주변 환경이 좋다면서 의논하여 선뜻 옮겼다. 물론 나 역시 경치가 좋은 곳에서 글이라도 쓰겠다며 한 곳이지만 아내를 병원이나, 특히 요양원등으로 보낼 수 는 없었다. 아내의 성격상 그런 곳의 생활은 아내의 삶을 뒤처지게 하는 것이다.

사실 어머님 때문에 요양원에서 어머님을 모신 적이 있었다. 어머님은 아버님이 몇 년 전에 간암으로 돌아가신 후 얼마 후 치매증상이 있더니만 수 년 만에 악화되어 식구도 못 알아볼 정도였다.

동생들도 여의치 못해 내가 모시면서 아내가 뒷바라지에 힘들어했다. 어머님의 증세가 심하여 이러 저리 생각하다가 어쩔 수없이 요양원에 모셨다.

아무리 증상이 심하다 하지만 어머님은 요양원에 가는 것을 싫어하는 눈치였지만 어쩔 수 없었다. 1주일에 4,5일은 동생들을 포함하여 가족들이 요양원에 방문하였으나 어머님은 매일 같이 나를 기다린 것처럼 나를 기다렸고, 자리를 떠날 때면 또 언제 오느냐 하듯 한 표정으로 바라보셨다. 요양원에 입원한지 3년 지난 후 어머님은 세상을 떠나셨다. 어머님을 마지막으로 보냈을 때 어머님은 눈물만 지으셨다. 그 눈물이 무엇을 뜻하는 지 알 수 없으나 어쩌면 나를 원망하는 모습이었다. 아내는 '어머님을 요양원에 보내는 것이 끝내 한스럽다.'고 하였다. 그리고 자신이 그렇게 된다면 요양원에 보낼 것 이 야고 물었을 때, 나는 '아니'라고 말을 하였지만.... 아내는 내 말을 믿었는지 요양원에 입원한다는 것을 싫어했으며 지금도 그렇다.

집 앞에 도착했을 무렵 비가 제법 많이 오고 있었다. 얼마 전에는 해도 쨍하더니만 지금은 먹구름만 덮혔다.

'이러다가 비가 곧 그칠 테지...'

마침 비가 멈추었다. 차를 얼른 집 앞에 데고는 집에 도착하자 아내가 먼저 말을 건 냈다.

"아유 잘 왔어요. 비가 오니 걱정이 많았는데..."

"마침 비가 안 오는구먼, 그놈의 옐리노인지 뭔가 하는 바람에..."

"아이고, 작년 여름에 비가 왔을 때 당신이 다리를 못 건너 고 해서 얼마나 고생했는데."

"내보다 당신이 더 고생했지. 그래 몸 좀 볼까?"

나는 아내의 몸을 조심스럽게 건드리면서 아내의 엉덩이 부근

쪽을 보면서 상처부위를 살폈다. 아내가 아직은 욕창 때문에 큰 고생은 하지 않았으나 엉덩이 쪽은 언제라도 고인 물이 터져 나올 것같이 붉게 부어있는 곳이 많다.

상처부위를 정리하고서 아내의 아랫도리를 내렸다. 항상 하는 것임에도 아내는 좀 부끄러워하는 것이다.

아내의 하체는 조금은 가늘어졌지만 그래도 여자다운 모습이 남아있어 나는 슬며시 웃고는 차고 있는 걸레를 갈아치운다. 다행히 오줌을 많이 싸지 않았고 대변도 하지 않아 그렇게 축축하지 않았다. 간단히 물수건으로 그 부분을 닦아내고는 다시 옷을 입혔다.

속이 좋지 않거나 과식 등을 했을 경우 오줌이나 똥을 많이 배출하여 하체 전체가 그것들에 엉키고 쌓여 온몸이 냄새가 가득하여 역겨울 때가 있곤 했다.

이어 밥 먹을 때가 되었으니 침대 상측부위를 올리면서 아내를 조금 들어 상체 부위가 바닥보다 높게 하였다. 그 앞에 간이 식탁을 놓았다. 식탁에 두 사람의 밥을 올려놓았다. 아내와 나의 밥은 같은 밥이다. 아내는 나처럼 밥을 잘 먹는 편이다.

밥을 맛있게 먹고는 아내와 함께 100일이 지난 외손자 모습을 보거나 TV를 시청하다가 내가 먼저 잠이 든 모양이다.

얼마쯤 지났을까? 늘 하던 대로 화장실을 가고자 하는데 거실 쪽 앞이 이상했다.

거실 앞은 도랑과 합치는 냇물과 그렇게 떨어져 있지 않아, 거실에서 도랑이 앉아서도 보이는 곳인데 도랑만이 아니고 거실 앞쪽 마당 모두가 물이 차있었다.

차를 세워둔 곳에는 차량의 위 부분만 보였다. 그 차도 얼마 전에 새로 구입한 차였다. 둑길 유원지등 멀지않은 거리이지만 아내와 함께 산책을 위해 특수 형 차를 구입하고 서너 번 아내와 같이 간적이 있다.

큰일이 났다. 곧 집안으로 물이 들어올 것 같았다. 작년쯤인가, 옛날에도 그런 적이 있었으나 비가 그치고 얼마 후면 물이 빠지는지라 지례 짐작을 하면서 거실 문을 열어보았다. 비는 세차게 퍼부었고 저 쪽의 도랑물은 바위조차 보이지 않을 정도로 흙탕물로 콸콸 흐르고 있다.

물길이 심상치 않음을 직감하고 '어떻게 할 것인가'를 짐작하고 있는 즈음에 아내가 말을 하였다.

"여보, 비가 많이 오는가 보네요, 괜찮아요?"

"우리 집에까지 물이 셀까 봐 걱정인가? 비가 그치면 나아지겠지. 걱정 말고 자요."

"하기야 우리 집은 새로 지은 집이라... 당신도 자세요."

"알았어요. 집 주변을 돌아보고 오지요."

나는 조그마한 전지를 들고 집주변을 돌아보았다. 위쪽의 집 부근과 건물을 통과하는 냇물은 이미 흑 탕 물로 넘쳐있고 다른 모든 집들의 사람들이 분주히 움직이고 있다.

누군가 한 사람은 휴대폰으로 연락을 하지만 연락이 잘 안된다 면서 허둥대고 있었다.

길 건너가는 다리는 이미 물에 잠겨 물결에 거친 물살만 치고 있 었다.

나는 집에 와서는 집안을 단속하면서 아내를 안방으로 밀어 넣 었다.

아내는 어떻게 된 거 야고 물었지만 그냥 비가 좀 많이 올 것 같 으니 대비 하는 거라고 얘기하였다.

내가 119와 동 사무소 쪽으로 전화를 했지만 통화가 되지 않다 가 119쪽에서 간신히 전화가 연결되었다. 이미 전화를 받았으니까 기다리라고 했다.

'언제까지 기다려 할까?'

저 뒤쪽인지 제법 큰 굉음소리가 들렸다.

이미 잠이 깬 아내는 걱정스런 눈으로 나를 쳐다보면서 거실 쪽 을 바라보면서 물이 새고 있음을 알려주었다.

어느 틈에 거실 쪽으로 물이 들어오고 있었다. 그러다 그것이 점 차 안방까지 물이 스며들더니만 물은 점차 불어나는 것이다. 그러다가 물이 침대를 서서히 침범하는 것이다.

아내를 어떻게 조치해 할 것인가를 생각하며 이리저리 생각하고 있었으나 뾰족한 방법이 생각나지 않는다. 아내의 상체를 올려 조금이라도 물길을 피하고자 아내를 들어 올리려고 하였다. 그러나 아내가 움직이지 않는다. 물살 때문인지 의자가 넘어질 것 같아 아내는 한 손으로 내 손을 꼭 잡았다. 나 역시도 휘청거릴 지경이었다. 순간 아내가 한마디 하였다.

"여보, 그만해요. 당신이라도 피해요. 나는 이렇게 죽어도 괜찮아요. 어서 당신이라도 피해요~"

"무슨 소리야. 119가 곧 온다고 했으니 조금만 기다려 봐, 상체만이라도 올리자고..."

"아니에요, 당신이 피하세요. 나는 이렇게 죽어도 좋아요. 당신이 살아있으면 그것만으로도 좋아요. 아직 당신은 할 일이 많이 있잖아요.~"

"내가 당신을 두고서 어떻게 떠나나~, 이제 우리끼리 잘 살기로 했잖아~"

"나는 잘 살았잖아요. 내가 못나서 장애인이 되어 당신께 미안했는데, 아직 당신은 할 일이 많이 있으니까 잘 사시구요... 얼마 전 딸아이로부터 외손자까지 봤는데... 내가 더 이상 살 필요가 없어요. 어서 피하세요."

"아니야, 그 때 내가 일찍 왔더라면 당신이 이런 장애는 없었을 것인데..."

그 당시 아내는 '좀 더 일찍 왔더라면 장애가 없었을 텐데' 하는 원망을 한 적이 있었다.

그 말을 아직도 기억하기에 무심코 한 말이었다.

"여보 내가 잘못해서 그런 것을 당신한데 원망해서 미안해요. 당신이 이렇게 잘 보살펴주고 있는데 그것만으로도 감사해요."

물은 침대를 적시고 있었다. 이때 침상에 걸려있던 휴대폰 충전기 줄이 눈에 들어왔다. 그 것을 들고는 아내의 손을 묶고는 남은 줄로 자신의 손목에 동시에 묶었다.

"여보 뭣 하는 거 에요?"

"그래 우리 같이 죽어요. 50여 년 동안 같이 살았는데 같이 죽는다면 더 좋겠지요. 오늘 좋은 날이 왔으니 함께 죽으며, 아니지, 이렇게 하면 당신과 함께 있으니까 우리는 영원히 사는 거요..."

두 사람의 손을 묶은 것은 끝까지 함께 하겠다는 의지였다. 아무리 함께하고자 해도 물속에서 죽음을 앞두고서 손을 잡고 있지만 이리저리 움직이다가 손을 놓칠 수 있게 될 것이 분명하기 때문이다.

"여보, 너무 행복해요. 자식들에게 우리 모습을 보여주고 싶어요. 예들아 엄마 아빠는 이렇게 사랑했단다. 사랑해요"

아내는 숨이 가쁜지 목소리가 떨렸다.

벌써 흙탕물은 아내의 가슴을 덮었다.

"이 나이 까지 살면서 자식 잘 키웠겠다. 마누라 옆에 있겠다. 이
만하면 그만이지…"

두 사람은 동시에 눈이 마주쳤다. 그 옛날 처음 입 맞추었을 때
그들은 함께 할 것을 약속하였다. 이 순간을 영원하자고….

두 사람은 가슴을 포개며 긴 입맞춤을 시작하였다.

"사랑해요~~," "우리는 함께 살 겁니다." (끝)

손자 손녀들에게
하고픈 말

수빈

할아버지 미워

할아버지
훌쩍, 훌쩍~
엄마가
훌쩍, 훌쩍~

엄마가 왜?
휴대폰 뺏어갔어요!
훌쩍, 훌쩍~
게임만 하니 그렇지

할아버지 미워!
으 앙~

고추잠자리

빨간
고추
잠자리가
자리를
찾아 휘휘

하늘하늘
코스모스에
잠시

해맑은
쑥부쟁이에
잠깐

파란 하늘로
휘 ~

새끼 잠자리
업고서
몰래
부들이 꼭지에
잠자리 찾았다.

개구리 합창

별빛이 쏟아지는 한 여름
개구리 가족이 합창한다
개골개골개굴개굴
굴개굴개골개골개

엄마개구리
요 녀석 하며 개굴개굴
아빠개구리
이 녀석 하며 개골개골
그래도 아기개구리
굴개굴개골개골개

비 오는 날 별마저 없어
아기개구리
엄마아빠 걱정되어
개굴개굴개골개골
엄마아빠 보고파서
개굴개굴개골개골

사랑의 등식

하나 더하기 하나는 둘이잖아!
1+1=2 를 모르는 동생에게
나무라듯 가르치는 두 살 터울 누나
하나가 1 이야?
되묻는 동생에게
그것도 모르냐며 꿀밤먹이는 누나

손주들의 셈 놀이에 할애비가 끼어들어
하나 더하기 하나는
둘도 되고 셋도 되고
더 많이 된다했더니
녀석들은 눈이 둥그레 커진다.

엄마 아빠 만나서 둘이 되고
누나 만나 셋 되고
동생 생겨 넷 되었네

고개만 갸웃하는 귀여운 녀석들
녀석들도 첫사랑에 가슴아리할 때면
1+1=≧2 가 사랑의 등식임을 깨달을 테지.

꽃들의 잔치

안심 천 둑 따라
꽃들의 잔치가 한창이다
노란 꽃, 빨간 꽃
무리지어 떠들썩하더니
뒤질세라
보라 꽃, 하얀 꽃도
수다를 떤다.

바람손님 살짝 지날 때면
서로들 얼굴 맞대며
은근슬쩍 눈 맞아 입맞춤도 한다.

초대받은 흰 나비들
이 꽃 저 꽃 분주히 인사하더니
끝내 흥에 못 이겨
어깨동무 얼싸안고 나풀거린다.

초여름 추억

뒤뜰의 감나무
연 노란 감꽃이 맺히고
간밤에 흩어 진 감꽃 모아
구슬인양 엮어 목걸이 만들며
배고 풀 때면 한 알씩 빼어 먹었다
쌉쌀한 그 맛은
땡감보다 꿀맛이었지.

고추밭 가는 길목에
언덕배기 밭두렁에 기대어 선 큰 뽕나무
오디가 검붉게 익어
10살 박이 아이를 유혹한다
엄마의 재촉도 뿌리치고
뽕나무에 올라붙어 오디 먹기 바빴다.

소 몰고 지나는 고개 모퉁이에
빨갛게 익은 산딸기가 밭을 이루고
앞서가는 소고삐를 끌어당기며
찔러대는 가시도 아랑곳 않고
새콤 달콤 그 맛에 아이는 행복했다.

봄이 온다

먼 산 높은 곳 아직도 눈발이 있건만
겨울을 고집하던 모진 칼바람
심술 가득한 꽃샘추위도
한 걸음 비켜 선 채 슬며시 자취를 감춘다

해살 드는 논두렁엔
냉이랑 쑥이랑 숨은 듯 선 보이더니
수양버들 실눈 뜨며 기지개 펼내라
연분홍 매화꽃 꽃망울 벌리고
산수유도 수줍은 듯 뾰족이 얼굴 내밀었다

아직은 샛노란 개나리
꽃 분홍 진달래
가지마다 잠들었어도
지지배배 강남 제비 소식 없지만
목련은 화사하게 웃음 머금었다.

지난 가을
단풍이 내려오던 앞산
움트는 나뭇가지 연두색 너울 쓰고
봄맞이 재촉하며
한 걸음 한 발짝 산을 오른다.

어린이날, 어버이날

자식은 희망
내일이 있었다.

자식의 그 자식은
기쁨
오늘이 있다.

오늘 내일 겹치더니
어제가 보인다.

그곳엔
아버님 어머님 계셨다.

철부지처럼 울었다.
……

> ♡ 오늘은 자식들과 손주 녀석들과 즐겁게 보냈다.
> ♡ 내일은 저곳에 계시는 부모님께 술 한 잔 드리러 가야겠다.

감 홍시와 하늘

감 홍시가 그리워 외가에 갔다
주렁주렁 바알 간 홍시들
탱글탱글 속살이 보일 듯.

쪽 대 들어 이놈 저놈 질러본다
어설픈 솜씨에 내 손 아닌 흙 마당에
퍽!
애고 아까운 것
묻은 흙 가려내며
한입 물어 옛 맛을 느낀다
입가에 홍시 묻어 딸아이 웃지만
옷자락에 감물 베이고
목, 어깨 뻐근하여도
감을 딴다는 게 즐겁기만 하다.

홍시 따다말고 문득
가지 틈새로 파 아란 하늘을 보았다
눈이 시리도록 파랗다
빨간 홍시 매달아 더욱 파랗다
그렇게 파-란 하늘을 가슴에 품었다
왠지 설렘이 밀려 온다
두근두근, 찡한 가슴에
심장의 고동이 드세어졌다.

하늘이 파랗다는 것을
이제야 안 것일까?
잊어버렸던 마음이었기에
흘러 가버린 세월이 그리워진다.

감꽃이 필 때면

칼날처럼 매섭던
손발이 얼얼하여 온 몸이 춥더니
산수유 매화가 피더니만
봄인가 했더니

감꽃이 피고 있다
5월의 그날마냥 감처럼
쌉쌀한 맛이 새싹처럼 달다
오디와 산딸기도 열리겠지

감꽃이 피고 있다
그 겨울은 어디로...
오디와 산딸기 맛을 보고자
봄은 가버렸다.

4월의 냄새

걷다보니
어디선가 낯익은
향기가 스쳤다

이맘때
4월의 냄새이지

저기인가 둘러보니
어느 집 담장 넘어
라일락이 피고 있었다

그날이 되면....

그날을 기다린다
기쁨의 그날을

그날이 두렵다
절망의 그날을

기쁨과 절망
어느 날이 될까?

기상청에서 바람을 13등급으로 분류하였는바, 약한 바람에서
센 바람 순으로 고요바람, 실바람, 남실바람, 산들바람, 건들바람,
흔들바람, 된바람, 센바람, 큰바람, 큰센바람, 노대바람, 왕바람, 싹
쓸바람이다.
　　내일은 어떤 바람이 불 런 지 모르나, 어떤 바람이든 때가 때인지
라 추위와 함께하는 바람일진데 중앙난방 아파트 소장님들 걱정이
많을텐데...
　　이쪽에선 춥다, 저쪽에선 덥다. 어느 장단에 맞출까?

네가 부모였더냐? 인간 이였더냐?

자식이 먹는 것만 봐도 배가 부르다 했는데
너는 처먹으며 네 아이는 굶겨?
그래도 강아지가 굶을 까 걱정했다지?
자식이 개 새끼만도 못하더냐?
자식 입에 들어가는 것만 봐도 행복하다 했는데
내가 처먹고 남겨둔 부스러기조차
못 먹게 빼앗았다고?
그걸로 품에 안긴 강아지에게 주었더냐?
뉘 집 아빠처럼 산타선물은 못해줘도
네 놈은 컴퓨터 장난감에 희희낙락 즐기면서
아이를 욕실에 가두고
그것도 모자라 꽁꽁 묶기까지 했더냐?
아이가 도둑이었더냐? 강도라도 되더냐?
너는 아빠였지 순사가 아니었잖느냐?
굶기고 감금하고 묶고 때리고, 그게 훈육이라고?
순사보다 더 무서운 나찰이었구나.
짐승도 제 새끼는 귀여워하는데
짐승보다 못한 인간이 있다지만
짐승보다 못한 아비도 있던가?
네 놈은 부모 되기 조차 포기하였구나!

불효자식

어머님이 돌아가셨다
땅을 치며 울었다
그럼에도 눈물은 나지 않았다

누군가 회초리로 매섭게 후려쳤다
아버님이셨다
무엇 땜에 우는 거냐고?

회초리의 아픔 때문에 눈을 떴다
새벽 3시를 알리는 괘종시계
아버님이 아끼던 60년 된 골동품이지만
괘종시계는
아직도 정겨운 소리를 간직하고 있다

살금살금 어머님 방에 귀를 기울린다
귀에 익은 어머님의 앓는 소리가....
안도의 숨을 쉬며
항상 되풀이 하는 말,
.....
補藥이라도 지어드려야 할 텐데....

산딸기

새 콤 달콤 산딸기
무리지어 폈다기에
남 볼 새라 서둘러 갔더니

새 콤 달콤 산딸기
먼저 간 손님이
모두 모두 훑어버렸네

새 콤 달콤 산딸기
한 알 쯤은 남겨두지
덜 익은 산딸기만 주렁주렁

새 콤 달콤 산딸기
내일이면 산딸기
붉게 익어, 먹어봐야지.

점. 선. 면. 그리고...

점하나 있더니
점 점....이 한 가닥 선이 되고
한 가닥 선이 있어
선 선....이 한 조각 면이 된다

면 면....이 공간을 이루고
공간이 모여 세상이 되다 우주도 되었다
점에서 시작한 우주였나?

점은 무엇이고 면은 무엇인가?
한 방울 안 되는 점
저 미생물에게는 넓디넓은 우주였다
손오공이 활개 치던 하늘땅 세계도 부처님 손바닥

한 점 속에 면이 있는데 어찌 점과 면이 다를까?
점과 면은 하나이듯
애초에 점도 면도 없는 것
점이 없으니 선도 없고 면이 없으니 공간도 없다
공간이 없으면 세상마저 있을까?
우주가 있을까?

그럼에도 점과 선이 있다고,
세상도 있고 우주도 있다고 말들 하지
우주가 끝인가?
그러기에 '無限' '無極' '太極'이 있음인가?
없는데 있음을 그렇게 믿자고 약속했다

무한이 있어 우주가 있고
우주가 있음에 점이 있는 것인가?
무한에서 점으로 점에서 무한으로
그렇게 생각하자고 약속할까 보다

신이여 당신을 원망합니다

수 만 의 목숨을
앗아간 저 곳의 재앙,

신이시여!!!
이게 당신의 뜻입니까?!.

그 옛날,
당신의 뜻을 거슬렸기 에
홍수로서 유황불로서 심판하셨다지만,
......

빈민가에서 나마
삶의 의지를 버리지 않던 그들이,
귀여운 고추를 내놓고
철없이 뛰놀던 아이가,
행복한 가정을 이루자며
바다를 거닐던 신혼부부가,
인생의 황혼기에 아름다운 추억이라도
갖고자 즐거워하던 노부부가,

이들이 무슨 잘못이 있었던가요?
정작 벌을 주어야 할 인간들은
따로 있건만,

이게 정녕 당신의 뜻이라면
나는 당신을 원망할 수밖에 없습니다.

봄의 소리

두견새 소쩍새, 맛 짱구 치더니
봄이 왔나 보다

뻐꾸기 낮에 울며, 내 새끼 찾아서
'뻐~꾹 뻐~꾹'

올빼미 밤을 새워. 애잔한 소리 내며
'소~쩍 소~쩍'

접동새는 어디 있나, 님 그리워
'접~동 접~동'

한이 맺혀 진달래 되더니만, 두견화 되어
'귀~촉 귀~촉'

시어머니 원망되어, 며느리 한 풀며~
'솥~적 솥~적'

....
뻐꾹 새 두견새, 접동새 올빼미
봄의 소리 모두가 하나이다.

2023. 4 .2

4부 長篇 아닌 掌篇으로서의 허턴 말; 꽁트

① 송화강 아사달(하얼빈/소밀랑)

② 백악산 아사달(장춘/녹산)

③ 장당경 아사달(개원)

▲백두산(불함산)

산

심양

마

동해

갈석산

험독(왕험성)

향(탕지보)

백아강
(평양)

저울판

혈구(강화도)

발해

준왕의 망명지

하

낭야

하늘에서의
(금강하구 어래산鄒來山)
역사기행 (增補)

代)

이 淮夷

탐모라

신의 실수

비슬산을 등지며 낙동강을 바라보는 탁 트인 벌판, 우리나라 땅이 좁다고들 말하지만, 근교에 이렇게 넓은 땅이 있을 줄이야. 저편에서는 국가산업단지를 조성하고자 토목공사가 한창이다. 머지않아 이곳 벌판이 첨단 산업단지로 바뀔 테지…….

하던 일이 제대로 풀리지 않을 때면 습관적으로 교외로 드라이브를 한다. 빌딩숲을 벗어나 들녘이나 숲이 있는 시골길을 여유롭게 달리다 보면 풀리지 않던 일의 실마리가 떠오른다. 확 트인 들판, 말 그대로 개활지다. 그 한가운데서 두 팔을 벌려 심호흡하며 넓은 벌판을 가슴으로 품어 보았다.

마른하늘에 날벼락이라던가? 갑자기 먹구름이 몰려오는가 싶더니 천둥 번개가 치면서 소나기가 내렸다. 비를 피할 곳이란 타고 온 차밖에 없었다. 얼른 차가 있는 곳으로 뛰었다.

그때, 쾅!

'⋯⋯.'

소위 말해서 나는 죽은 것이다. 그것도 벼락을 맞아서 말이다. 되먹지 못한 인간들을 볼 때마다 '벼락 맞아 죽을 놈'이라고 입버릇처럼 말하던 내가 벼락을 맞은 것이다.

내가 무슨 죄를 지었기에 벼락을 맞았을까? 살인을 했나, 강도나 도적질을 했나? 아무리 생각해도 날벼락을 맞을 정도의 죄를 지은 것 같지 않은데⋯⋯.

그렇다. 아버님 어머님께 무던히도 속을 썩인 불효막심한 자식이었지, 그렇지만 아버님 어머님 돌아가신 지 20년이 넘었는데 그때 벌을 줄 일이지 이제서 벌을 내린단 말인가?

아내의 가슴에 응어리지도록 못된 말을 한두 번 한 것도 아니지만 그게 천벌을 받을 만큼의 죄가 되는 걸까?

나의 최선이 다른 사람에게는 최악이 되게 한 경우도 있었겠지만 그건 결코 나의 본심은 아니었는데⋯⋯.

정작 벼락을 맞을 인간들에게는 벼락을 치지 않고 떵떵거리며 잘 살게 하고서 나에게만 이런 벌을 주는가? 정말 공평치 못하다.

전지전능의 신들의 세계에도 이런 불공평이 있다는 게 믿기지 않는다. 억울하기 이를 데 없다. 게다가 소위 천벌을 받은 이들에게는 그 죄질의 경중에 따라 또 다른 징벌이 주어진다니 그저 "하나님 맙소사"일 뿐이다.

여기가 법정인가? 우리나라의 법정과 닮은 분위기다. 이곳에서는 내가 생각하는 대로 형상이 된다고 했는데 내가 그렇게 생각해서인지 그렇게 보이는가 보다.

판사, 검사같이 보이는 사람, 아차! 사람이 아니지. 신령님이신가? 다른 점이 있다면 그들은 인간들과 같이 이목구비는 다 있는 것 같으나 뚜렷한 형체가 없는 반투명 형상이다. 나도 저런 모습일런가?

기록하는 이도 각자 제자리에 앉았다. 다만 변호사가 없는 것이 특이하다. 죄가 있고 없음을 판단하는 것이 아니라 지은 죄에 대한 경중을 심판하는 곳이기에 변호사라는 것이 필요치 않다는 것이다.

재판은 간단하였다. 재판장은 몇 마디 묻고는 어떤 이는 仙界^{선계}, 누구는 惡界^{악계}로 판결하였다.

"다음은 김 정언~"

나는 신장들에 이끌려 재판장 신령 앞에 섰다. 긴장한 탓인지 다리가 후들거리며 온몸이 떨렸다.

"김 정언인가? 인간세상에서 나쁜 짓을 많이 하였구먼, 어디서 왔지?"

"대한민국이라는 나라에서 왔습니다."

"대한민국? 나이가 몇 살인가?"

"예순 여섯입니다."

"뭐라? 예순여섯? 여기에는 서른두 살이라고 되어 있고 나라도 대한민국이 아닌데?"

순간 검사격인 신령이 매우 당황스런 표정을 하며 공소장인지 뭔가를 훑고 있었다.

"이럴 수가? 使者들의 실수였습니다!"

순간 법정은 술렁였다.

"실수라니! 그게 말이 되오! 무고한 생명을, 그것도 아직 때가 되지 않은 인간을 이곳에 데리고 오다니."

재판장의 목소리는 쩌렁쩌렁하였다.

"이 시간 이후 당신에게 위임되었던 인간에 대한 생사여탈권을 회수합니다. 그리고 저 혼령은 仙界로 보내든지, 아니면 그가 원한다면 인간세계로 돌려보낼 수 있도록 하시오!"

그러면 그렇지, 내가 왜 천벌이야? 그런데 신도 실수를 하는가? 암튼 다시 인간세상으로 가게 되다니, 귀여운 손주들이 먼저 생각났다. 녀석들에게 선물이라도 사가야 할 텐데······.

· · ·

"다시 인간세계로 돌아가고 싶은가?"

검사 신령이 미안하다면서 물었다.

"물론입니다. 이서 보내주시오!"

퉁명스레 대답했다. 화가 치밀어 가슴이 터질 것 같은데 자식뻘쯤 되는 앳된 친구가 하대하는 것이 영 못마땅하였다.

"그런데 네 육신은 이미 화장하여 존재하지 않으니 다른 사람으로 환생할 수밖에 없네만."

점점 더 억장이 무너지는 소리만 하는 것이다. 생전에 자식들에게 내가 죽으면 화장하여 부모님 산소 옆에 한 줌 묻어 달라했지만,

"무슨 말입니까? 내가 여기 온 지 하루도 되지 않았는데 벌써 화장이라뇨?"

소리를 꽥 지르다시피 했다. 그럼에도 신령은 능글맞고 생뚱스런 표정을 짓는 것이다.

"허, 여기의 시간과 그곳의 시간과의 차이가 있음을 모르는가? 지금쯤은 너희 세계에서 말하는 49제도 끝났을 걸세."

시간이 다르다고? 그렇구나, 여기는 저승이지. 이승에 있을 때 저승의 하루는 이승의 몇 년이라는 말은 듣긴 했었다. 그럼 저 친구도 나보다는 수십 년(?) 더 살았겠구먼, 하지만 재판에서 무죄임이 밝혀졌으니 책임질 수밖에 없겠지.

"그럼 나는 다시 살 수 없다는 겁니까? 그런 무책임한 말이 어디 있습니까? 당신께서 실수든 어쨌든 멀쩡한 나를 여기로 데려 왔다면 책임을 져야 하는 것 아닌가요?"

"우리는 인간들에게는 책임을 지지 않는다네."

그는 단호하게 말했다. 그리고 쳐다보는 눈길이 싸늘하여 감히 쳐다볼 수 없을 정도였다. 이제는 따지기보다는 애걸을 해야 될 것 같다.

"이건 횡포입니다. 싫습니다. 싫습니다. 나는 죽기 전의 내 모습으로 돌아가고 싶습니다! 데리고 오는 힘이 있었다면 다시 돌려보내는 힘도 있을 것 아닙니까? 재판장님도 나를 돌려보내주라 하지 않았습니까?"

"그 말은 인간세상에서 다시 태어날 수 있게 한다는 것이지 현재의 자네 모습으로 돌려보낸다는 건 아닐세, 다시 말해서 부활은 될 수 없다는 것이지, 재판장이나 나는 지나간 시간을 돌릴 능력은 없다네. 그건 오로지 그분만이 할 수 있는 일이지만 그분께서도 허락하지 않으실 걸세, 그건 우주질서를 파괴하는 것이니까."

잠시 부활과 환생의 개념이 혼돈된다.

"그분은 누구입니까? 그분을 만나게 해주십시오, 그분께 나의 억울함을 얘기하면 그분께서도 들어 주실 겁니다."

그분을 만날 수 있을 거라는 마지막 희망을 가지고 애걸하듯 했다.

"자네들의 세상에서 상제님이니 하나님이니 하고 부르지만 그보다 훨씬 격이 다른 분이지. 우리도 그분을 뵌 적은 없어, 하지만 그분께서도 자네 한 사람 때문에 우주 천지의 질서를 깨트리지 않을 걸세."

"나는 어떻게 하란 말씀인가요? 아직 못다 한 일이 많은데, 여기 올 아무런 준비도 안 했는데, 이제 가족도 친구도 볼 수 없는 겁니까?"

"죽음은 피할 수 없는 것인바, 조금 일찍 저승으로 왔다고 여기게나. 자네들 세상에서 운명이니 숙명이니 하고 많이들 말하지 않는가? 이게 자네의 운명이고 숙명이라고 생각하시게~"

"이게 내 운명이고 숙명입니까? 이걸 운명으로 받아들이기엔 너무 억울합니다. 하필이면 천벌을 받은 운명입니까? 그게 더 억울한 거지요."

"천벌이란 자네의 생각일 뿐이고, 이곳에서 행해지는 일에 대해 인간세상에서 어찌 알 수 있겠는가? 그동안의 자네가 살아온 자취를 보건데 자네가 천벌을 받았다고 생각하지 않을 걸세."

"……."

그는 나를 달래듯 말하곤 잠시 말을 멈추다가 내가 말이 없자 다시 말을 이었다.

"지금 이 순간에도 자네의 세상에는 많은 시간이 흐르고 있다네, 어떤가? 다른 사람의 몸을 통해서라도 환생할 텐가?"

"싫습니다. 인간으로 다시 태어날 뿐이지 내 가족 내 친구들과 함께할 수 있는 현재의 나로 부활하는 것이 아니지 않습니까?"

"그건 제대로 잘 보았네. 시공간이 다른, 전혀 다른 인생이지. 여기서 보면 그 역시 찰나의 순간이긴 하지만."

"내가 부활할 수 없다면 여기서 자식들이나 가족들이 살고 있는 모습이라도 볼 수 있다면 좋을 텐데……."

"그건 가능하지, 단 볼 수만 있되 개입은 할 수 없고……."

"개입이라면……?"

"그들의 삶에 감 놔라 대추 놔라 할 수 없다는 뜻이지……."

"그러면 조상님의 은덕이니 보살핌이니 하는 말은 왜 있는 겁니까?"

"그건 인간들이 만들어낸 말이지, 아, 이곳 魂靈界^{혼령계}에서는 혼이라는 인간적인 感性^{감성}이 남아 있다 보니 인간세계와의 연결고리를 끊지 못해 情^정을 주고받는 과정이겠지. 조상님을 섬기고 자손을 보살피고, 이런 것을 은덕이라 말하는 모양이야."

"그렇군요. 허면, 재판장님이 말한 仙界^{선계}란 무엇인가요?"

"靈^영이 주체가 되어 사는, 말 그대로 좋은 곳이라 생각하면 되지, 자네들은 이를 극락이니 정토세계니 천당이니 하고 있지만."

"그러면 반대로 악계는 어떤 곳입니까?"

"같은 영이라도 악에 물든 영이 모인 곳이지, 인간이 가진 괴로움이나 고통이 그대로 이어지는 곳일세."

지옥? 연옥? 상상이 되지 않는 말이지만...

"그곳을 영원히 벗어날 수 없는 겁니까?"

"그건 神冥界^{신명계}에서 직접 관장하는 일인지라 나도 잘 모르지만 언젠가는 벗어나서 선계로 가겠지."

"신명계는 또 무엇입니까. 신들이 사는 곳인가요?"

"그렇다네, 신계라고도 하지. 그분을 모시면서 그분의 참뜻이 이루어질 수 있도록 구역별, 영계별 담당 신명들이 있는 곳이지."

"선계에서도 자식들이나 가족들을 내려다볼 수 있는가요?"

"그곳에서는 그럴 필요가 없는 곳이야."

"필요가 없는 곳이라뇨?"

"왜 그런지는 가보면 알게 되겠지만 그곳은 인간세계에서의 모든 인연은 소멸되기 때문이지."

"인연이 소멸된다는 겁니까? 내 가족 내 친구들이 남이 된다는 말입니까? 그렇다면 이곳에서만 있으렵니다."

"이곳의 법도가 그게 아닐세. 여기는 혼령이 잠시 머무는 중간계일 뿐이네."

"중간 계요? 얼마나 머물 수 있는 겁니까?"

"글쎄~ 자네들 세상에서 4대 奉祀^{봉사}라는 말이 있던데 그쯤 될까?"

그렇구나, 4대조 조상님까지만 제사로 받들고 그 이후는 묘사를 지내는 이유가 여기 있구먼, 지상에서는 魂魄^{혼백}이 있어 魂^혼은 하늘로 魄^백은 지하로 간다했는데……

"100여 년은 충분히 되는 군요, 그만하면……"

"자네들의 시간으로 본다면 긴 것 같지만 여기서는 찰나일세."

"도대체 이곳의 시간이란 무엇입니까?"

"여기의 시간은 현재의 연속일 뿐이야, 그러니까 현재는 순간이면서 영원한 거지."

"무슨 말입니까? 현재가 영원하다니요?"

"영원하다는 것은 결국 시간이란 개념이 없다는 것일 수 있겠지."

"그러면 과거도 없고 미래도 없는 거 아닙니까? 신령님들은 과거 미래를 넘나들고 있잖습니까?"

"그건 인간들의 관점에서 생각하는 과거, 미래인 거지, 여기의 한순간이 인간들에게는 수천 년이다 보니 100년 정도 사는 인간들에게는 천 년도 영원한 것으로 생각될 수밖에 없는 걸세."

그는 무표정한 얼굴로 쳐다보고는 말을 이었다.

"자네들이 말하는 이 지구는 몇 년이 되었는가? 수억 년이 지난 지구가 수천 년인들 우리에게는 한 순간일 뿐이다."

"우리 인간세계에서는 수백 년, 아니 천 년, 이천 년 후의 세상을 예언한 사람들이 있는데 그들이 경험하지 않았다면 어떻게 가능합니까? 정말 신통력 때문인가요?"

"인간세계에서의 소위 예언자들이 말하는 미래라는 것은 그들이 여기에 머물면서 보았던 인간세계의 현상, 그 현상은 인간세상에서 말하는 수백, 수천 년 후 현상이지만 환생하여 기억을 되살리는 과정일 뿐이야. 대체적으로 자신이 살던 시대로 환생하다 보니, 시차 때문에 인간세상의 시간으로 수백, 수천 년 앞당겨져 환생한 것이야. 인간들의 입장에서 보면 신통력이라 생각하겠지."

'노스트라다무스, 요한계시록, 남사고, 이런 것들인가?'

"환생은 누구나 다 할 수 있는 겁니까?"

"누구나 할 수 있지만 자네들이 말하는 것처럼 천벌은 안 받아야겠지."

"환생하는 경우가 많습니까?"

"자네들 세상에서 말하듯 가뭄에 콩 나듯 하지."

"그럴 리가?"

"靈生不滅^{영생불멸}에 선과 악이 없고, 배고픔이나 추위, 근심걱정, 고통 등이 없는 곳인데 굳이 인간세상으로 내려갈 이유가 있을까? 물론 인간 삶의 고통을 어루만져 주겠다거나 인간을 구원하고 구제하겠다며 나선 이도 제법 있지만……."

"그들이 누구인가요? 예수님이고 부처님인가요?"

"그들만이 아니고 많이 있다네."

"우주만물을 창조하셨다는 그분께서는 어찌하여 우리 인간들을 생로병사를 비롯한 수없는 고통을 겪도록 만드신 겁니까? 이것도 혹시 그분의 실수입니까?"

실패작이 아니냐고 묻고 싶었다.

자연현상과 생명 자체를 본다면 신비하기 그지없기에 창조주에 대한 경외심과 위대성을 느끼지 않을 수 없다. 그럼에도, 인간이 다른 생명체에 비해 가장 뛰어난 것은 틀림없으나, 불평등에, 선악의 갈등과, 생존을 위한 끊임없는 투쟁을 하도록 만든 창조주에 불만이 많았기에 때로는 우리 인간은 다른 동물에 비해 창조주의 완벽한 실패작이 아닌가 하는 의심을 품을 때가 많았다.

"허허, 그러면 자네의 삶도 항상 고통이었던가? 그러면서도 또다시 그 고통의 세상으로 돌아가려고 하는가? 인간들이 겪는 고통은 그분께서 주신 게 아닐세, 그건 인간들이 스스로 만든 거지."

"인간이 만들었다고요? 그럼 행복이나 즐거움만 주신 건가요?"

"그 역시 인간들이 만든 거지."

"너무 무책임한 말씀 같습니다. 어쨌든 그런 인간을 창조하신 건 그분이지 않습니까? '人命在天'이라 하듯 생로병사를 그분께서 주관하시는 것은 사실이잖습니까?"

"자네는 누구로부터 태어났는가?"

"그야 부모님이지요?"

"그렇다네, 자네의 창조주는 부모님일세, 그분께서는 개개의 생명을 창조하지 않고 다만 생명의 탄생과 죽음의 기반과 조건을 만들었을 뿐일세, 즉 삶의 권리를 준 게지. 그 기반과 조건에서 인간을 비롯한 생명체들이 자신들의 권리를 찾아 탄생한 것이고, 각각의 생명체는 어떻게 살 것인가를 스스로 생각하고 노력하며 오랜 세월동안 진화하고 적응하는 과정이 현재에 이른 것일세."

이 무슨 귀신이 씨 나락 까먹는 소리? 신이 진화를 주장하다니, 변명인가 책임회피인가? 찰스 다윈의 진화론이 혹시 여기를 경험한 결과인가?

"생명의 탄생이 권리였다고요? 그럼 죽음은 의무고요?"

"맞는 말씀. 뿐만 아니라 삶의 과정은 자유의지인 셈이고, 그분의 생각은 어떤지 모르나 우리가 보건대 관할 구역 가운데 인간은 뭇 생명체 중 가장 진화된 생명체인 거야. 이제는 생명공학이니 사이보그니 하면서 유사생명체를 창조할 정도로 지적 능력을 갖추었잖은가? 물론 진화 자체가 새로운 창조라 할 수도 있겠지만."

"관할 구역이라 함은?"

"인간세계에서 말하는 은하계 정도라 할 수 있지."

그 규모가 어느 정도일까? 그곳에 가볼 수 있으면 좋겠다. 견우와 직녀가 만나는 오작교를 건너면 될까? 블랙홀을 건너야 할까?

"인간이 가장 진화된 생명체가 될 수 있는 이유는 무엇인가요?"

"그건 자네가 생각해 보게나."

"혹시 그분의 특별한 보살핌이 있었던 건 아닌지요?"

그런 뛰어난 능력을 특혜를 받지 않고서야 어떻게 부여 받을 수 있단 말인가?

"허~ 역시 인간적인 사고방식이구먼. 말인즉 그분의 형상과 뜻에 가장 가깝기에 그분께서도 기특하게 생각하여 좀 더 관심을 두고 계시긴 하지만, 그런데 이보시게, 인간들은 그분의 관심을 我田引水 격으로 오해하여 자신들의 능력을 과신하거나 만물의 영장이라는 특권의식과 교만과 방자함을 드러내며, 인간이 아닌 다른 생명은 인간을 위해 희생이 마땅하다고 생각하는 등 다른 생명체의 권리를 침해하거나 파괴하고 있지 않는가. 심지어 같은 인간끼리 서로 그분의 이름을 앞세우거나 사칭하면서 선택받은 민족이니 우월한 종족이니 하면서 무수한 피를 뿌리며 싸우고 있으니 우리가 봐도 실망이 크고 걱정일세. 더 가관인 것은 자신 이외는 우상이라며 그 우상은 악의 근원인 양 매도하고 제거해야 한다는 轉倒된 정의감이 기세를 부리고 있는 걸세."

"그래서 그분께서 괘씸하여 심판을 하는 겁니까?"

"심판? 그분께서는 심판을 하신 적 없어! 앞으로도 하시지 않을 것이고."

"노아의 홍수도 그렇고, 많은 종교에서 심판을 예언하고 있지 않습니까?"

"그분께서는 우주만물을 창조하고 다스림에 있어 우리는 이를 '天地公事'라 하네만, 영원불멸을 전제하지 않으셨어. 그건 또 다른 창조의 기회를 주고자 함이지. 그러나 영과 육이 분리된 생명체에 대해서는 영혼을 통한 불멸을 주셨지. 암튼 천지공사를 하시면서 우주만물과 생명체별로 질서라 할까, 일련의 週期를 둔 것인데 인간들은 이를 심판이니 개벽이니 종말이니 하고 말하는 것일 뿐이야."

"주기가 무엇인데요?"

"자네들 인간세상에서 봄, 여름, 가을, 겨울 같은 거지. 소위 말해서 환절기에 인간들이 몸살을 앓듯이 그 주기가 되면 천지만물이 요동칠 수 있는 거지."

우주에도 사철, 주기가 있다? 고생대나 중생대 이런 걸 말하는 건가?

"우리 세계에서는 사철을 1년이라 하면서 365일을 한 주기로 삼고 있는데 여기서는 어떻게 됩니까?"

"우리의 1년은 인간세상인 지구에서 126,900년일세."

126,900년? 어떻게 그럴 수가? 감이 잡히지 않는다. 가만 있자. 이 숫자 어디서 본 듯한데, 그렇지! 동의보감에 나온 말이다. 우리 몸의 호흡과 맥박이 하루 동안 작동하는 회수가 126,900회라 했다. 우연의 일치일까?

"뭘 그리 놀라나? 너희 인간들 중에서는 이미 얘기하고 있는 사람도 있는 모양이던데……."

그럼 선계의 하루는 지구의 몇 년인가? 쉽게 계산이 되지 않는다. 한창 머리를 굴리고 보니 360년이다. 내가 여기 온 지 얼마나 되었지? 하루? 이틀? 잠을 잔 기억이 없는 걸로 보아 여기는 밤낮이 따로 없는 것 같다. 항상 낮이다. 해가 없어도 어디선가 빛이 있어 밝았다. 도무지 시간개념을 모르겠다.

"여기에도 사철이 있는 겁니까?"

"있다고 볼 수 있지. 봄은 생장기, 여름은 성장기. 가을은 성숙기, 겨울은 휴식기로 말할 수 있겠지. 각 철마다 작은 변화가 연속되면서 휴식기에 이르러 말 그대로 다음의 생장을 위한 토대를 만드는 것이지."

"그 변화 과정에서 인간들은 종말이니 재앙이니 심판이니 하는 말을 하고 있다는 말씀이군요. 그럼 현재는 어느 시기에 해당하는 것입니까?"

혹시 휴식기? 지구상의 모든 생명체가 멸종했던 빙하시대? 그게 바로 종말이 아니고 무엇인가?

"지금은 성숙기라 할 수 있겠지."

"머지않아 휴식기가 오는구면요, 생명체의 휴식기는 곧 죽음을 뜻하는 것인데 어찌 종말이 아닐 수 있겠습니까?"

"그건 인간의 관점이고. 물론 수많은 생명체들은 그 변화에 제대로 적응을 하지 못해 사라지긴 했으나 현생의 생명체 특히 인간들은 대응과 적응을 잘하고 있으니 당분간 인간의 멸망은 없을 걸세, 그러나 무엇보다 아직 그 시기가 오려면 인간세상의 햇수로 따진다면 수천 년 이상의 세월이 있으니 자네가 걱정하지 않아도 될 것 같네."

수천 년이라지만 여기서는 몇 년 사이가 아닌가? 대응을 잘 못한다면 무수한 생명과 무고한 생명이 죽거나 멸망할 수밖에 없는데, 그러한 천지공사를 안 하면 안 될까?

아무튼 종말이든 멸망이든 개혁이든 개벽이든 수천 년 후의 일이라니 내 비록 그 세상을 떠났다 할지라도 조금은 위안이 된다.

"그런데 심판은 없다고 하지만 우리 인간들은 인명은 재천이니, 천명이니, 하면서 천수를 다하지 못했을 때 하늘로부터 벌을 받은 결과로 생각합니다. 즉 천벌이란 개개의 생명에 대한 심판이지 않습니까?"

"······."

"그리고 그 심판도 공정치 못한 것 같고요, 정작 천벌을 받아야 할 인간은 받지 않고 오히려 부귀영화를 누리면서 잘 살고 있습니다. 勸善懲惡이 심판의 목적이 아닌가요? 그럼에도 악이 횡행하고 있잖습니까?"

"권선징악이라, 좋은 말일세. 그런데 선은 무엇이고 악은 무엇인가?"

그걸 왜 나한테 묻는가? 신령인 당신이 더 잘 알 텐데······.

"선, 악이란 인간들이 만들어 낸 관념에 불과한 것일 뿐, 인간들의 기준에 따라 만들어진 선악을 여기서 심판할 필요가 있을까? 더구나 그 선악이 다른 사람이나 생명에게는 서로 맞지 않을 수도 있는데 어찌 인간들의 기준에 맞게만 선악을 심판한단 말인가?"

"선악의 기준이 다르다니요? 선과 악은 정해진 것 아닌가요?"

"인간들은 생명의 귀중함을 강조하면서 살생을 큰 죄악으로 여기면서도 인간 아닌 다른 생명을 죽이는 데는 조금도 죄의식을 느끼지 않고 있잖은가? 오히려 그것을 선으로 생각하고 있을 정도지."

'내가 좋다고 느끼면 선이요, 나쁘다고 느끼면 악'이라고 장자크 루소도 그런 말을 했지.

"그것은 먹이사슬이라는 그분이 정해준 자연법칙 때문이 아닌가요?

물론 살아 움직이는 동물이나 움직이지 않는 식물이나 모두가 생명체임은 틀림없으나 모든 생명체는 자신들의 생존을 위해 다른 생명체를 취하는 것이 곧 자연의 법칙인 것입니다. 초식동물인 소가 풀을 먹는 것을 두고 누구도 생명을 앗아간다고 하지 않습니다. 또한 사자가 사슴을 잡아먹을 때 사슴의 입장에서 본다면 억울할지 모르나 사자에게는 당연한 행위입니다.

마찬가지로 잡식동물인 인간이 동물을 잡아먹고 식물을 채집하여 먹는 것은 자연의 순리이고 법칙인데 그걸 죄악이라고 말할 수 있습니까?"

"그걸 누가 죄악이라고 말했남? 그런데 생존을 위한 것이라면 몰라도 자신들의 식도락이나 쾌락을 위해 다른 생명을 죽이는 것을 당연시하거나 자랑스럽게 생각하고 있지 않은가?"

그러고 보니 난감하다. 먹이사슬은 '생명의 소중함'이라는 관점에서 본다면 분명히 모순의 체계이다.

그뿐인가? 창조주가 생명체를 만들었을 때 먹이사슬을 염두에 두고 생명을 창조했다면 조금은 불합리한 것 같다.

그저 공기만 먹으며 다른 먹이는 안 먹어도 살 수 있게 하거나 먹는 즐거움(식도락)이라도 없게 창조했다면 최소한 배고픔과 굶주림의 두려움과 고통은 없을 테고, 나아가서는 먹이사슬은 존재할 필요가 없을진대, 창조주의 실수인가?

"그뿐인가, 앞서 말한 것처럼 같은 인간끼리도 사적인 이해관계뿐만 아니라 정의, 자유 평등, 국가 민족, 종교와 신 등등의 대의명분으로 수없이 살인을 서슴지 않으면서도 서로가 선이나 정의라 주장하고 있는데 어느 편을 들어줘야 할까?"

나는 할 말을 찾지 못했다.

"하여 그분께서는 모든 생명을 귀히 여기며 심판이 아니라 상생과 조화 그리고 새 생명의 탄생조건을 주재하시는 거지. 다시 말해 생과 사의 순환을 통한 생명체의 영속성을 추구하시지만 壽命^{수명}을 정해 주지 않으셨지."

"죽음은 모든 생명체의 의무라고 하지 않으셨습니까?"

"물론이지, 죽음을 전제하지만 그 역시 인간을 비롯한 생명체들의 자유의지에 따라 수명도 달라지는 것이지. 때문에 그분께서는 심판이나 징벌 적 의미의 죽음에는 직접 관여하지 않고 있지만, 간혹 인간의 죽음을 관장하는 신명들이 나름대로 정의감으로 앞당겨 생명을 거두어오는 등 죽음에 개입하는 경우가 있긴 하지, 그런 과정에서 극히 드문 일이지만 자네처럼 실수로 데려오는 수도 생기고……."

"그 실수가 하필이면 나였습니까?"

"정말 미안하네."

"그런데 다른 생명체 대해서도 우리처럼 재판하여 선계나 악계를 구분합니까?"

"인간 아닌 다른 생명체에 대해서는 재판할 필요가 없어. 그들은 죄를 짓지 않거든. 아니 그들에게는 죄라는 것이 없어. 오로지 본능대로 살아가는 것이니 선악이 있을 수 없지. 그들만의 세상에서 영혼들이 함께 모여 새 삶을 누리고 있는 것이지."

"본능대로 사는 것이 선악이 없다니요? 우리는 그 반대로 배웠는데……."

"좀 전에도 말했지만 선악은 인간이 만든 관념일세, 그것을 분별한다는 명목으로 이성이라는 또 다른 관념을 만든 것이지. 물론 그

것 때문에 인간들이 만물의 영장이라는 말을 듣게 되고 문명도 발전할 수 있었겠지만……."

이성과 본능, 그래서 인간과 동물이 구분되는가?

"신령님, 인간과 다른 동물과의 생명에서 어느 것이 더 소중한 것이냐고 묻는다면 우리 인간의 입장에는 인간의 생명이 더 소중할 수밖에 없지 않습니까? 어떤 동물이 생명의 위기에 처했을 때 그 동물을 구해주는 것은 생명의 소중함 차원에서 좋은 일임에 틀림없으나 그 동물을 구하기 위해 인간의 생명을 담보한다면 이는 인간의 생명을 소중하게 생각하지 않는 결과가 아닌가요? 따라서 생명은 한없이 소중하며 귀천이나 등급을 매길 수 없으되, 그것은 어디까지나 그 생명이 속한 집단에 한정되며 다른 집단과 비교할 때면 어쩔 수 없이 등급이 있고 귀천이 있을 수밖에 없는 것 아닙니까?"

"그런데 이보시게, 그럼에도 인간들은 인간이 아닌 다른 생명체에 등급이나 가격을 매겨 그 등급이나 가격을 인간과 비교하며 때로는 인간보다 더한 가치를 매기며 그 가치나 등급에 속박되어 그 기준으로 인간을 재평가하는 실수를 저지르고 있지 않나?"

맞는 말이다. 인간이 개보다 대우를 못 받는 경우가 있었지.

"그러면 인간의 관점에서 '생명의 소중함'은 그 경계를 어디서 찾아야 합니까?"

신령은 나를 빤히 보며 엷은 미소를 지었다. 그동안 무표정하거나 싸늘한 표정과는 달랐다.

"그건 자네들이 이미 만들었던데? 만물의 영장답게 좋은 말을 만들었더군. 물론 다른 생명을 죽일 수 있는 자기방편적인 말이긴 하나 이성을 가진 생명체로서 최소한의 생명존중의 의지를 나타내는 말이라 생각하네만."

"그게 뭡니까?"

뜸 들이는 듯한 그의 말투에 조급증이 일어 재촉했다.

"「殺生有擇」, 즉 가려서 죽이라는 말."

"그렇군요! 내 생명과 생존에 직결되지 않는 한, 나의 편익이나 만족을 위해 다른 생명을 함부로 앗아가지 말라는 것이군요! 살생유택, '생명의 존귀함'을 받들고 지킬 수 있는 인간의 마지막 양심인 것 같습니다."

내가 그동안 비록 인간은 아닐지라도 뭇 생명을 살생한 것이 참다운 살생유택의 결과였는지 생각해 보건만⋯⋯.

"어쨌든 이제 가야 할 때가 된 것 같네, 선계로 가든 환생하든 결정을 하게나?"

이상하다. 발을 굴리며 억울해하던 그 감정이 많이 누그러졌다. 가족을 볼 수 없다는 슬픔도 바래졌다.

'나도 벌써 이곳에 순응하고 있음인가? 아님 인간의 상태에서 벗어나고 있는 것인가?'

그러나 쏟아내지 못한 울적함이 남아 있다. 이럴 때는 어디론가 쏘다니곤 했는데, 그렇다. 여행을 가보는 거다.

"부탁 하나 들어주시겠습니까?"

"무슨 부탁인가?"

"여행을 하고 싶습니다."

"여행? 이제부터는 어디든 자네 마음대로 갈 수 있는데 뜬금없이 여행이라니……."

"장소가 아니라 시간입니다."

"시간여행이라? 그건 그분의 허락을 받아야 할 것 같은데, 그래, 내가 그분의 허락을 받고 오겠네, 기다리게나."

그는 어디론가 홀연히 사라졌다.

殺生有擇,
'생명의 존귀함'을 받들고 지킬 수 있는 인간의 마지막 양심

훈민정음을 만나다

중학교 입학 기념으로 아버지와 함께 영화를 봤다.

조지 팔 감독의 〈타임머신〉이다. 영화가 어찌나 재미있었던지 그 영화를 보고서 나도 타임머신을 타고 시간여행을 하는 상상을 자주했었다. 타임머신이라는 것이 현실적으로 불가능하다는 것을 나중에야 알았지만 늘 시간여행에 대한 미련을 버리지 못하였기에 고대 유적지를 관광하면서 과거의 시간으로, 첨단의 도시를 관광할 때면 미래의 시간으로 여행하는 대리만족을 하곤 한다. 살아서 못한 것을 여기서는 할 수 있을까?

과거의 흔적은 전부든 일부든 어떤 형태로든 남아 있기에 인간들은 흔적이 없는 미래가 더 궁금한 모양이다. 그래서 대부분의 공상과학영화나 소설들이 미래를 다루고 있다. 하지만 많은 미래의 모습들 중 어느 것도 확실한 것이 없다. 말 그대로 예측일 뿐이다.

여기서의 미래는 확실한 것일까? 현재는 그분의 의지대로 꾸려

진 결과라 할지라도 앞으로의 천지공사마저 그분이 의지대로 이루어질 것인가? 그분께서 인간을 비롯한 생명체들에게 준 자유의지가 언제까지나 그분의 뜻과 합일될 수 있을까?

은혜나 시혜를 배신으로 보답하는 경우가 많은 인간 군상들인지라……

'아하! 내가 그분의 권능을 의심하다니, 아직 나는 이곳의 가족이 덜 된 모양이구먼……'

어쨌든 미래는 불확실하고 불안전한 것 같다. 과거는 출발점과 끝이 있지만 미래는 출발점은 있으되 끝이 없지 않은가? 무한의 시간으로 여행한다는 것은 시간의 낭비일 뿐. 불확실한 미래보다는 확실한 과거가 더 좋을 것 같다.

그래, 과거에서 현재를 보고 미래를 생각해 보는 것이다. 거기에는 내가 있고 우리가 있고 그리고 천지만상의 역사가 있을 것이다.

"간신히 허락을 받았다네, 그러나 미래는 안 된다는구먼."

"왜 안 된다는 거죠?"

'그분께서도 미래에 대한 자신이 없어서인가?'

이미 과거로 여행키로 맘먹은지라 아쉬울 것 없으나 짐짓 불만인 척 물었다.

"현재가 미래인데 굳이 갈 필요가 없다는 거지."

현재가 미래? 언제는 현재는 순간이자 영원이라더니, 그 영원이

미래라는 건가? 이곳의 시간개념은 아직도 이해하기 어렵다.

"그런데 같이 온 분은 누구신가요?"

신령 곁에 두 사람이 있었다.

"이들도 함께 여행할 걸세. 마침 비슷한 처지로 여기에 오게 되어 자네 혼자 외로울 것 같아 동행키로 한 걸세."

"그럼 이분들도 신령님들의 실수로 여기 오신건가요?"

"꼭 그런 건 아니지만, 좀 억울한 면이 없지는 않지."

한 사람은 중국 공안으로, 강도를 뒤쫓다 차량이 전복되어 동료는 간신히 살고 그 혼자 오게 된 40대 중반의 남자였다.

또 한 사람은 나와 같이 대한민국에서 온 50대 초반으로 고등학교에서 역사를 가르쳤다 했다.

그는 신호를 기다리던 중 신호를 무시하고 질주하던 음주차량에 받혔다고 했다. 그 녀석은 살았고 자신만 이곳에 온 것이 너무 억울하다는 것이다.

이곳에서 만난 것이 결코 반가워할 일은 아니지만 함께하게 되어 기쁘다고들 했다.

"그런데 형씨께서는 한국말을 참 잘하네요, 한국말을 배웠습니까?"

"아닙니다. 오히려 선생님께서 중국말을 잘 하시는군요."

어떻게 된 건가? 나는 분명 우리말을 했고 그도 제 나라 말을 한 모양인데…….

영문을 몰라 신령을 바라보았다.

신령은 잠시 미소를 짓더니 설명해 준다.

"이곳에서는 어느 곳의 말을 하더라도 듣는 사람의 말로 전달되는 걸세. 여행하기 전에 명심할 것이 있네, 이제부터 자네가 원하는 시간이나 장소에 언제든지 가볼 수 있지만 장소는 자네들이 살았던 지구라는 곳이며, 반드시 세 사람이 함께 다녀야 할 걸세, 특히 두 사람은 이 사람이 없이는 어떤 여행도 불가하다는 것을 명심들 하게나."

다른 세상도 궁금하였으나 그에 대한 정보가 너무도 없다 보니 우리들이 살던 세상으로 가기로 했다.

"알겠습니다. 그런데 여행 기간은 얼마나 됩니까?"

15일간이라는 말에 세 사람 모두가 너무 짧다고 불평했다.

"허면, 15일이라는 날짜를 어떻게 알 수 있습니까? 밤과 낮이 없는데."

"자네들이 여행하는 곳은 지구라는 곳이야. 다만 하루라는 시간 개념이 지구의 것과는 다르지만, 그 정도면 자네들 과거세상을 낱낱이 구경할 수 있을 걸세."

또 헷갈린다. 그놈의 시간개념이 언제쯤 정립될 수 있을지…….

· · ·

하늘은 푸르고 맑았다. 이 땅의 하늘이 이처럼 푸르고 맑다니······.

인왕산을 병풍 삼아 근정전이 자못 위용을 갖춘 채 떡하니 자리를 잡고 있다.

龍^용 문양으로 장식된 청자기와는 푸른 유리 지붕처럼 아름다워 화려하나 사치스럽지 않다할 것이다.

근정전을 호위하듯 바라보고 있는 月臺^{월대}에는 左^좌 靑龍^{청룡}, 右^우 白虎^{백호}, 南^남 朱雀^{주작}, 北^북 玄武^{현무}의 사신상을 비롯한 난간 곳곳에 십이지상과 성스런 동물들이 검소하되 누추하지 않게 품위를 갖추었다.

그들과는 달리 월대입구 정면 좌우측에는 새끼들의 재롱을 품은 사자 가족상이 익살스런 모습으로 아래를 바라보고 있다.

朝庭^{조정}에는 문무백관들이 품계석에 맞춰 정렬한 채 때를 기다리고 있다.

"오늘이 무슨 날인가요? 왕의 즉위식입니까?"

중국인 친구가 물었다.

"훈민정음 반포하는 날입니다."

나는 한글을 창제한 세종대왕을 뵙고자 이 시간 이 자리를 첫 여행지로 정하였던 것이다.

"훈민정음? 그게 뭔가요?"

"우리 글자이지요, 오늘 글자를 만든 것을 반포하는 날입니다."

역사 교사가 거들었다.

"글자를 만들어요? 그 많은 글자를 만들었어요? 그걸 만들었다고 반포 식까지 하는 겁니까? 28자요? 그걸로 그 많은 말을 다 표시할 수 있다는 겁니까? 누가 만들었습니까?"

28자뿐이라는 내 말에 그 친구는 도무지 믿기지 않는 모양이다.

"오늘 반포하시는 세종대왕님께서 만들었어요. 이날을 기념하여 우리나라에서는 '한글날'이라는 기념일도 있는걸요? 나는 우리 선조들이 남겨준 문화유산 중 가장 자랑스럽게 생각하는 것이 한글이라고 생각합니다."

"그렇군요! 28자라면 배우기도 쉽겠습니다. 우리 한자는 복희씨라는 분이 만들었다던데……. 우리 글자가 너무 많고 복잡하긴 해요."

"원래 한자와 같은 뜻글자表意文字라는 것이 말 그대로 뜻이나 모양을 표현하는 글이기에 사회가 발전되면서 새로운 글자가 만들어질 수밖에 없고, 뜻과 뜻을 결합하며 만들다 보니 복잡해질 수밖에 없지요. 그러나 글자가 많다는 것은 뜻을 표현할 수 있는 방법이 많다는 장점인 겁니다."

역사교사의 설명이다.

"그렇지만 그 많은 글자를 배우기에는 엄청난 시간과 노력이 필요해요. 그래서 우리는 근래에는 簡體(간체) 또는 繁體(번체)를 만들어 사용하고 있습니다만……."

중국인이 대답했다.

"형님, 간체 역시 뜻글자인지라 언젠가는 제3의 간체도 나올 겁니다."

역사 교사가 날보고 형님이라 했다. 혈육이 아님에도 쉽게 형님이라 불러주는 그가 고마웠다. 이제 그와는 형님 아우 사이가 되었다.

"흠, 아우가 말하는 대로라면 전통한자는 언젠가 역사속의 글자로만 남을 수 있겠구먼~"

중국친구가 한 마디 할 만한데 묵묵부답이다.

"인간이 만물의 영장이라고 할 수 있는 가장 큰 이유 중의 하나가 글을 사용한다는 것일 겁니다. 단언컨대 지구상에서 글을 사용하고 있는 생명체는 인간 말고는 없겠지요?"

중국인이 한마디 건넸다.

"저도 동감입니다. 그 글자가 자신의 의사는 물론이고 말과 소리를 정확하게 표현할 수 있어야 가장 좋은 글자라 할 수 있겠지만, 그러한 글자가 있는지는 의문입니다."

"난 우리 글자라 생각합니다만, 우리 글자 한글은 글자 하나에 소리가 하나뿐이지만 한자는 두 개의 소리를 내는 것도 있잖습니까? 모毛는 '마오'라 하고, 안安은 '안'이라는 글자 하나인데……."

"맞습니다. 저도 그것에 대해서는 궁금합니다. 글자를 만든 사람과 사용하는 사람이 다르기 때문이라는 말도 있습니다만……."

역사를 공부한 친구의 한 말에 중국인은 거들었다.

"그럴 수도 있겠네요."

· · ·

'상감마마 납시오!'

은은한 正樂(정악)에 맞춰 내금위장의 호종을 받으며 내시가 받쳐 든 日傘(일산)과 함께 면류관을 쓰신 대왕께서 들어오고 계신다. 그 뒤를 이어 妃嬪(비빈)과 세자를 비롯한 왕자들이 뒤따르고 있다.

문무백관 대신들이 '대왕전하 千歲(천세)!'를 세 번이나 제창했다.

御座(어좌)에 앉은 대왕의 풍채는 늠름하며 인자한 모습이다.

성군이자 명군으로 추앙받는 대왕을 실제로 보게 되니 감격스럽다.

대왕이 정좌하자 상선이 조아리며 지시를 받더니 이어 도승지에게 왕명을 전했다.

"훈민정음 반포 식을 거행토록 하겠습니다. 예조판서 겸 집현전 대제학은 오늘에 있기까지 정음창제 경과를 보고하시오~"

어명을 받든 예조판서 鄭麟趾(정인지)가 월대로 한 걸음 올라섰다. 두루마리를 펼치며 낭랑하면서도 큰 소리로 낭독하였다.

「천지자연의 소리가 있으면 반드시 천지자연의 문자가 있는 법. 그러므로 옛 사람이 소리를 바탕으로 글자를 만들어서 만물의 뜻을 통하고, 천. 지. 인. 三才^{삼재}의 이치를 실었으니 후세 사람들이 능히 글자를 바꿀 수가 없었다. 그러나 사방의 풍토가 구별되므로 말소리의 기운 또한 다른바, 대체로 중국 이외의 딴 나라 말은 그 말소리에 맞는 글자가 없었다. 그래서 중국의 글자를 빌려 소통하도록 쓰고 있으나, 이것은 마치 모난 자루를 둥근 구멍에 끼우는 것과 같으니, 어찌 제대로 소통하는 데 막힘이 없을 손가?

중요한 것은 모든 것은 각각의 처한 곳에 따라 편안하게 할 것이지, 억지로 꿰맞춰서는 안 될 것이다.

우리의 예악과 문장이 中華^{중화}와 같아 견줄 만하나 우리말이 중국말과 같지 아니하여 한문을 배우는 이는 그 뜻을 깨닫기가 어려움을 걱정하고, 범죄 사건을 다루는 관리는 자세한 사정을 이해하기가 어려운 것을 크게 근심했다.

옛날 신라의 설총이 吏讀^{이두}를 처음 만들어서 관청과 민간에서 지금도 쓰고 있으나, 이 역시 한자를 빌려 쓰는 것이어서 매끄럽지도 못하고 막혀서 답답할 뿐이었다. 또한 이두를 사용하는 근거가 일정하지 않을 뿐만 아니라 실제 언어사용에서는 그 만분의 일도 소통하지 못하고 있는 실정이다.

이러할 즈음에 마침 癸亥年^{계해년} 12월에 성상께서 정음 스물여덟 자를 창제하여, 간략하게 예와 뜻을 적은 '例義^{예의}'를 들어 보여 주시며 그 이름을 '훈민정음'이라 하셨도다.

이 글자는 옛 글자를 참조하여 모양을 본떴으나, 소리에 따라 만든 소리 짜임새는 음률의 일곱 가락에 꼭 들어맞는도다. 天^천, 地^지, 人^인. 三宰^{삼재}와 음양 二氣^{이기}의 어울림을 두루 갖추지 않은 것이 없도다.

오로지 스물여덟 자로써 전환이 무궁하여, 간단하면서도 요점을 잘 드러내고, 정밀한 뜻을 담으면서도 두루 통할 수 있어, 슬기로운 사람은 하루아침을 마치기도 전에, 슬기롭지 못한 이라도 열흘 안에 배울 수 있도다. 이 글자로써 한문 글을 해석하면 그 뜻을 알 수 있다. 또한 이 글자로써 소송 사건을 다루면, 그 속사정을 이해할 수 있는 것이다.

글자의 韻^운으로는 맑고 흐린소리를 구별할 수 있고 음률로는 노랫가락이 다 담겨 있는 것이다.

글을 쓰는 데 글자가 갖추어지지 않은 바가 없으며, 어디서든 뜻을 두루 통하지 못하는 바가 없도다.

비록 바람소리, 학의 울음소리, 닭소리, 개 짖는 소리라도 모두 적을 수 있음이다.

드디어 임금께서 상세한 풀이를 더하여 모든 사람을 깨우치도록 명하시게 되니 이에, 소신이 집현전 응교 崔恒^{최항}과 부교리 朴彭年^{박팽년}과 申叔舟^{신숙주}와 수찬 成三問^{성삼문}과 돈녕부 주부 姜希顔^{강희안}과 집현전 부수찬

李塏와 李善老 등과 더불어 삼가 여러 가지 풀이와 보기를 지어서, 그것을 解例本으로 간략하게 서술하였는바, 대체로 보는 사람으로 하여금 스승이 없이도 스스로 깨우치게 하였다.

그 깊은 근원과 정밀한 뜻은 신묘하여 신들이 감히 밝혀 보일 수 없음이 안타까울 뿐이로다.

공손히 생각하옵건대 우리 전하는 하늘이 내신 성인으로서 지으신 법도와 베푸신 업적이 모든 왕들을 뛰어 넘으셨으니, 정음 창제는 앞선 사람이 이룩한 것에 의한 것이 아니요, 자연의 이치에 의한 것이다. 참으로 그 지극한 이치가 아주 크며, 사람의 힘으로 사사로이 한 것이 아니다.

동방에 나라가 있은 지가 꽤 오래되었지만, 무릇 만물의 뜻을 깨달아 모든 일을 온전하게 이루게 하는 큰 지혜는 오늘을 기다리고 있었던 것이다.

이에 자헌대부 예조판서 집현전 대제학 정인지는 두 손 모아 머리 숙여 아뢰나이다. 성은이 망극할 뿐이옵니다!」

• • •

정인지의 낭독이 끝나자 대신들은 일제히 외쳤다.

"성은이 망극하옵니다!"

"대왕마마 천세! 대왕마마 천세! 대왕마마 천세!"

이어 세종대왕께서 직접 훈민정음을 반포하신다.

「나라 말씀이 중국과 달라 한자와는 서로 통하지 아니할세, 이런 까닭에 어린백성들이 이르고자 할 바 있어도 마침내 그 뜻을 제대로 펴지 못하는지라 내 이를 어여삐 여겨 새로 스물여덟 글자를 만드노니 사람마다 쉽게 배워 날로 씀에 편안코자 함 이니라! ……

오늘로서 우리의 문자는 훈민정음이라 하노라!」

. . .

마지막 구절에서는 대왕께선 더 우렁차게 말씀하셨다. 신하들은 또다시 천세를 외쳤다. 동시에 장엄하게 壽齊天[수제천]이 연주되었다.

반포식이 끝나고 연회가 베풀어진다.

"정말 저 임금님이 직접 글을 만드신 거 맞아요? 집현전인가 뭔가 하는 학자들이 만든 거 아닙니까?"

"허~ 이봐요 姜[강]선생, 저분께서는 언어와 음운학에 대단한 학식이 있었습니다. 그러한 학문적 바탕에 백성을 사랑하는 애민사상이 투철하여 말 그대로 어리석은 백성을 위해 불철주야 시력을 잃으면서까지 만드신 위대한 업적인 겁니다."

"저는 믿기지 않아요, 임금이 직접 글을 만들다니. 그것도 백성을 위해서라니! 내가 알기로는 왕이나 귀족들이 백성들을 통치하는 수단으로 자기들만이 글자를 독점했다는데……."

"그래서 우리는 그분을 성군이라 받들고 있는 거요."

내가 단호히 말을 건 냈다.

"그렇습니다. 한글은 '백성을 위한 바른 글訓民正音'이라는 뚜렷한 목적이 있는 유일무이한 글입니다. 그뿐인가요? 이 지구상에서 유일하게 글자를 만든 창제자를 갖고 있으며 훈민정음 해설 책이라 할 수 있는 해례본에 있듯이 인간의 음운구조에 맞게 만들어진 과학적인 글자임과 동시에 하늘天과 땅地 그리고 사람人의 우주 근본 철학이 내포된 形而上學的인 차원 높은 글자입니다."

"우리 아우가 역사 교사답게 우리 한글에 대해서 많이 알고 있네!"

"아닙니다. 우리 한글이 우수하다는 것은 세계적 언어학자들도 모두 인정하고 있습니다."

"그래요?"

"결코 자화자찬이 아닙니다. 당신네 중국인들도 잘 알고 있는 미국의 유명한 여류작가 '펄벅'은 한글이 전 세계에서 가장 단순한 글자이며 가장 훌륭한 글자라고 하였습니다."

"「대지」를 쓴 노벨 수상자 펄벅 말인가요? 그렇군요."

"또 있어요. 세계적 언어학자 '레어드 다이어먼드'는 한글이 독창성이 있고 기호 배합 등 효율 면에서 특히 돋보이는 세계에서 가장 합리적인 문자라고 극찬하면서 자국에서 매년 한글날을 기리며 한글을 사용하고 있을 정도입니다. 그뿐만 아니죠, 많은 나라에서 우리글을 차용하여 그들의 문자로 사용하고 있습니다. 오죽했으면 유네스코에서 인류의 문화유산으로 등록했겠습니까?"

"그래 맞아, 컴퓨터 자판기에 알파벳처럼 글자를 넣을 수 있는 글자는 우리 한글뿐일걸? 아마 우리 한글이 머지않아 국제 공용문자로 될 날도 있을 꺼 야. 그런데 崔萬理^{최만리}는 왜 보이지 않지? 아직도 감옥 에 있나?"

"최만리가 누구인가요?"

최만리는 이미 죽었다고 하는 아우의 답변과 동시에 중국친구 강 씨가 물었다.

"훈민정음 창제를 반대한 사람, 도대체 어떤 사람인가 보고 싶었는데……."

"그 사람을 보자면 3년 전으로 거슬러 가야 됩니다. 훈민정음을 만든 시기가 3년 전이었으니까..."

"그런가? 그럼 그 사람을 보러 가세나."

· · ·

편전에 집현전 부제학 최만리를 비롯하여 신석조, 김문, 정창손, 하위지, 송처겸, 조근 등 집현전 학자 6명이 俯伏^{부복}하고 있다.

"臣^신 등이 언문을 제작한 것을 엎드려 보니 지혜를 움직여 그것을 제작한 것이 가히 신묘하여 천고에 특출한 것이나 신 등의 좁은 소견으로는 오히려 의심스럽고 위험한 면도 있는 것 같사와 삼가 소를 올리고 엎드려 성상의 재가를 바라옵니다.

무엇보다 우리 조정은 태조대왕 때부터 지성으로 중국을 섬겨 한 결 같이 중국의 법제를 따라와서 지금도 글자나 풍속이 중국과 한 가지인 이때에 언문을 만드셨다 기에 혹시나 하여 말씀을 드리옵니다."

"말하라!"

"전하! 신 만리 등이 엎드려 생각하옵건대, 언문 제작은 실로 대단한 일입니다. 하오나 언문이 옛 글자를 본받았다고 하지만, 이 모두가 옛 중국 것에 어긋나옵니다. 어찌 우리가 받들어 모시는 중국에 부끄러움이 없겠사옵니까?

예로부터 우리나라는 문물·예악을 중국에 비교하였는데 지금 따로 언문을 만들어 중국을 버리고 오랑캐와 같이 되는 것은 문명에 큰 폐단이 아닐 수 없사옵니다. 우리나라는 일찍부터 지성을 다하여 중국을 섬기며 중국의 제도와 문물을 따랐는데 이제 언문을 창제하여 한자를 버리려 하시다니 실로 놀라운 일입니다."

"한글을 만든 것은 우리 글자를 가지고 백성을 편하게 하려 함인데 무엇이 그리도 못마땅하더냐?"

"언문을 창제함에 있어서 신 등은 결코 처음부터 전하의 어의를 그르침이 없었사옵니다. 하오나 언문을 창제한 이후 지금까지 진행

상황을 보면 점점 의구심만 더해 갈 뿐 의심이 풀리지 않습니다.”

“대체 무엇이 그대들을 의심케 한단 말인가?”

“전하, 새로운 제도를 시행하려면 마땅히 여러 대신들과 의논하시어 의견을 들으심이 옳은 줄 아옵니다. 하온데 전하께오서는 지금 널리 의견을 모으지 아니하시고 지체 얕은 관리 10여 명에게 일러, 옛 사람이 앞서 만들어 놓은 글자와 아주 다른 문자를 만드셨사옵니다. 무릇 일을 이루어 공을 세움에 있어서, 속히 하는 것을 귀하게 여기지 않사온데, 나라에서 요 근래 하는 일이 모두 속성으로 힘쓰고 있사오니 나라를 다스리는 근본에 어긋날까 두렵습니다.

혹시 언문을 부득이 창제하셔야 될 일이라면, 이것은 풍속을 크게 바꾸는 일이오니, 마땅히 재상으로부터 하급관리와 백성에 이르기까지 상의하여야 하고, 설혹 모두 옳다고 하여도 다시금 심사숙고하여 역대 제왕에게 질문하여도 어그러지지 않고, 중국과 상고하여 보아도 부끄러움이 없으며, 후세에 성인이 나타나셔도 의심스러움 바가 없는 연후에야 곧 실행에 옮길 일이옵니다.

그러함에도 오늘날 널리 여론을 들어보지 않고 갑자기 하급관리 십여 인으로 하여금 배우게 하며, 또 가벼이 옛사람이 이미 미루어 놓은 문서를 고쳐서 황당한 언문을 붙이고 工匠 _{공장} 수십 인을 모아서 이를 새기어, 급히 널리 세상에 공표하려 하고 있사오니, 이 일에 대한 온 천하와 후세사람들의 공론이 어떻게 하오리까?”

"내가 글자를 비밀리에 만든 것은 중국의 방해나 압박을 피하고자 함이었고, 많은 백성들이 사용해본 후 그 편리함에 모두들 좋아하였음이니라. 그리고 모든 것에 중국만을 앞세우는 그대들과 어찌 논할 수 있었겠는가?"

또 다른 신하가 아뢴다.

"전하, 근래 성상께서 청주온천에 행차하실 때 특별히 흉년을 염려하시어 따라가는 사람이나 제반사를 간략하게 하라 하셨기에 전날에 비해 경비가 십중팔구나 절감되었고 조정에 올라오는 공무 역시 의정부에 위임하시었는데,

그 언문이란 국가의 위급한 사항이나 부득이 기한을 정해놓은 것도 아닌데 어찌 홀로 휴양소에서까지 몰두하시어 성상께서 옥체를 조섭하실 때 번거롭게 하셨으니 신 등은 그 옳은 바를 찾아볼 수가 없나이다."

그는 잠시 숨 고르듯 말을 멈추더니 말을 잇는다.

"전하, 옛 선비들이 이르기를, '무릇 백 가지 愛玩^{애완}하고 좋아하는 것들이 다 선비의 공부하는 뜻을 빼앗게 된다.' 고 하였사옵니다. 지금도 좋아하는 짓만 따라가면 선비의 뜻이 상하게 되는데, 지금 동궁께서는 비록 德性^{덕성}은 성취하셨으나 오히려 마땅히 중국 성인들의 학문에 전념하시어 그 깨닫지 못한 것을 탐구하셔야 하는데, 그 언문이라는 것을 유익한 것이라 하셨다니 그것은 단지 문사들의

재주 하나에 불과한 것일 뿐입니다. 하물며 전혀 국가를 다스림에 이로움이 없는 것에 종일 생각을 소비하시니 부지런히 공부하셔야 할 이때에 실로 손해가 크옵니다."

"내가 나이가 많아 국가의 모든 일을 세자에게 전담시키고 있어서 비록 작은 일이라도 참여하고 결정해야 하는데 하물며 언문을 만드는 일이라고 빼놓을 수 있겠는가?

만약 세자를 동궁에만 처박아 둔다면 글자 만드는 일을 환관 내시 나부랭이하고 하란 말인가? 경들이 진정 나를 시종하는 신하라면 내 뜻을 확실히 알아서 말하는 것이 옳지 않겠는가?"

대왕의 음성은 자못 엄하였다.

"전하! 천하의 중심은 중국 이옵고 우리나라 또한 중국의 변방에 있사옵니다. 신 등이 간절히 바라옵건대 부디 제멋대로 글을 가져 오랑캐 무리로 전락해 버린 저 일본이나 여진과 같이 되게 하지 마옵소서.

옛 부터 9개 지역으로 나뉜 중국 안에서 기후나 지리가 비록 다르더라도 아직 방언으로 인해서 따로 글자를 만든 일이 없고, 오직 몽고, 西夏(서하)(티벳 지역 탕구트 족), 여진, 일본, 西藩(서번)(중국 서부 변경지역 선비족)과 같은 무리들만이 각각 제 글자를 가지고 있는데, 이는 모두 오랑캐들만의 일이라 더 말할 가치도 없습니다.

전해오는 고전에 의하면, 중국의 영향을 입어서 오랑캐가 변했다는 이야기는 있어도, 오랑캐의 영향을 입었다는 이야기는 아직 못 들었습니다.

역대 중국이 모두 우리나라가 箕子(기자)의 유풍을 지니고 있고, 문물제도가 중국과 견줄 만하다고 했는데, 이제 따로 언문을 만들어 중국을 버리고 스스로 오랑캐와 같아진다면 이것이 이른바 蘇合香(소합향)(인도산 향료)을 버리고 쇠똥구리의 환약을 취하는 것이니, 어찌 문명의 큰 해가 아니겠습니까?"

"제 나라 말을 제 나라 문자로 적는 것이 오랑캐란 말이냐? 그대들은 조선의 백성이 아니던가?"

최만리가 또 나선다.

"전하! 우리나라는 조정 이래로 지성껏 중국문화를 섬기어, 오로지 중국 제도를 따라왔습니다. 그런데 이제 바야흐로 중국과 문물제도가 같아지려고 하는 때를 맞이하여, 언문을 창제하시면 이를 보고 듣고 하는 사람들 가운데 이상히 여길 사람이 있을 것입니다.

곧 字形(자형)은 비록 옛날의 고전 글자와 유사합니다만, 소리로서 글자를 합하는 것은 모두 옛것에 어긋나는 것이며, 실로 근거가 없는 일입니다. 그러하오니 혹시 언문이 중국으로 흘러 들어가서 이를 그르다고 말하는 이가 있으면, 중국문화를 섬김에 있어 어찌 부끄럽지 않다고 하겠습니까?"

"그대들이 말하기를 소리를 글자로 합하는 것이 모두 옛것에 어굿나는 일이라고 하였는데, 설총의 이두도 역시 음을 달리한 것이 아니냐? 또 이두를 만든 근본 취지가 곧 백성을 편안케 하는 일이라고 한다면, 지금의 언문도 역시 백성을 편안케 함이 아니냐?

그대들이 설총이 한 일은 옳다고 하고, 그대들의 임금이 한 일은 옳지 않다고 하는 것은 무슨 까닭이냐?"

"신라 때 설총이 만든 이두가 비록 거칠고 촌스러우나, 모두 중국에서 통행하는 글자를 빌어서, 어조사로 쓰기 때문에 한자와 애당초부터 아무 상관이 없이 떨어져 있는 것이 아니어서 비록 서리나 하인들의 무리까지도 꼭 이를 익히려고만 한다면 먼저 한문책 몇 권을 읽어서 약간 한자를 안 다음에 이두를 쓰니, 이두를 쓰는 자는 모름지기 한자를 의지해야만 뜻을 달할 수 있으므로, 이두로 인해서 한자를 아는 사람이 자못 많아, 역시 학문을 진흥시키는 데 도움이 됩니다.

만일에 우리나라가 원래 우리 글자를 몰라서 結繩文字를 쓰는 시대 같다면 아직 언문을 빌어서, 잠시의 변통으로 삼는 것은 오히려 옳습니다만, 옳은 의견을 가진 사람은 반드시 저 언문을 써서 잠시 변통하기보다는 차라리 천천히 저 중국에서 통행하는 장기적인 계획을 삼는 것만 같지 못하다 할 것입니다.

하물며 이두는 수천 년 동안 써 오면서, 관청의 문서기록과 약속, 계약 등으로 쓰이어서 아무 탈이 없사온데, 어째서 옛 부터 써

온 폐단이 없는 글자를 고쳐서 따로 이 속되고 이로움이 없는 글자를 만드시나이까? 만일에 언문이 통용되면 관리가 될 사람이 오로지 언문만 배우고 학문을 돌보지 않을 것이니, 이렇게 되면 한자와 관리가 갈리어 둘이 될 것이며, 진실로 관리된 자들이 언문으로서만 모든 일을 하고 또 벼슬길이 이루어질 수 있다면, 뒷사람들이 모두 이와 같이 됨을 보고 28자 언문만으로도 이 세상에서 입신하기에 족하다고 할 것 이오, 무엇 때문에 모름지기 고심하고 마음을 써서 성리의 학문을 닦겠나이까?

이렇게 나가면 수십 년 뒤에는 한자를 아는 사람이 반드시 적어질 것 이옵니다. 비록 언문으로서 관공서 일을 수행할 수 있더라도 성현의 한자를 알지 못하면 배우지 않아 담장에 얼굴을 댄 것 같아서, 사리의 시비를 가리기에 어둡고 다만 언문에만 공을 들일 것이니 장차 어디에 쓰겠나이까?"

"그대가 韻書(한자의 발음법)를 아는가? 四聲과(소리의 높낮이) 七音을(중국의 자 모음 구조)알며, 자모가 몇인지 아는가? 만일에 내가 저 잘못된 운서를 바로잡지 않는다면, 그 누가 이를 바로잡겠느냐?"

"우리나라가 덕을 쌓고 어진 정치를 베풀어 문을 숭상해 온 교화가 점점 없어져 버릴지 두렵나이다. 이보다 앞서 쓰이어 온 이두가 비록 한자에서 벗어난 것이 아닌데도, 유식자들은 아직도 이를 천한 것으로 쳐서 吏文^{이문}으로써 이를 바꾸려 하고 있는데, 하물며 언문은 한자와 조금도 연관이 없는 것이며 오로지 시장거리의 속된 말에만 쓰이는 것이 아니겠습니까?

가령 언문이 전의 조정(고려나 그 이전의 세상) 때부터 있던 것을 빌려 쓴다고 하더라도 지금과 같은 문명시기에는 오히려 글자를 분별하여 도에 이르게 하는데 뜻을 두어야 하거늘 반대로 구습에 따르려 하시나이까? 이는 훗날 반드시 다시 고치려는 의식 있는 자가 있을 것이며 이는 불을 보는 듯이 뻔한 이치이옵니다.

옛것을 싫어하고 새 것을 좋아함은 예나 지금이나 다름없는 폐단이니, 이제 이 언문이 다만 하나의 신기할 재주일 뿐이오며, 학문을 위해서도 손해가 되고, 정치에 있어서도 이로움이 없으니, 되풀이해서 생각해 보아도 그 이로움을 알 수 없사옵니다.”

“새롭고 신기한 하나의 재주라 하였는데, 내가 늘그막에 소일하기가 어려워 책으로 벗 삼고 있을 뿐이지, 어찌 옛 것을 싫어하고 새 것을 좋아해서 이 일을 하고 있겠느냐? 또 이 글자 만드는 일이 어찌 들에 나가 매를 부리며 사냥이나 하는 일과 비교될 바가 아니거늘 너희들 말이 괘씸하기 짝이 없도다. 과인은 백성을 위한 글이 널리 사용될 수 있도록 만반의 준비를 갖출 것이며 백성의 글자로 반포할 것이로다. 아직도 과인의 뜻을 거역할 터인가?”

“전하 통촉 하시옵소서……!”

이에 대왕께서 갑자기 대노하여 말씀하신다.

"얼마 전에 김문이 왕후께 고하기를 언문을 만드는 것은 나쁘지가 않다고 하더니 지금은 반대로 나쁘다고 하는가? 또 정창손은 말하기를 『三綱行實(삼강행실)』이란 책을 언문으로 만들어 반포한 후에 충신, 효자, 열녀 등이 난 것을 보지 못했다고 했는데, 사람이 하고 하지 않는 것이 다만 사람의 자질에 여하에 달려 있지 어찌 언문으로 책을 번역하였다 하여 금방 다 효과가 있겠는가? 이따위 말들이 어찌 사리가 있다는 선비의 말이라 할 수 있을까? 참으로 쓸모없는 속된 선비로다."

대왕께서는 잠시 말을 멈추시더니 낮고 부드러운 소리로 다시 말씀하신다. 그러면서도 단호하셨다.

"내가 경들을 부른 것은 처음부터 죄를 묻고자 함이 아니라 다만 경들의 상소문 가운데 한두 가지 물어볼 것이 있어서 부른 것이니라. 그런데 경들이 사리를 분별하지 못하고 말만 바꾸어 이랬다저랬다 하니 경들의 죄는 벗어나기가 어렵게 되었도다."

대왕께서는 이들을 하옥시킬 것을 의금부에 명하셨다.

'답답한 사람들 같으니라고……'

내금위들에 의해 끌려가는 신하들을 보며 대왕께서는 쓸쓸한 표정과 함께 고개를 좌우로 흔드셨다.

慕華思想(모화사상)에 찌든 그들이 하옥되는 모습을 지켜보는 편전의 뜨락은 햇살이 따사롭다.

"훈민정음이 임금께서 직접 제작하셨군요. 그런데, 훈민정음이 옛 글자를 모방했다고 하던데, 그게 무슨 글자인가요?"

중국인이 조심스레 물었다.

" '字倣古篆'이라 했는데 나도 그게 궁금하네, 아우는 아는가?"

"저도 모르겠습니다."

"고전이라 했으니 혹시 진시황 때의 전서가 아닐까요?"

"전서에 한글과 닮은 글자가 있었던가?"

중국인 강 씨가 답을 한다.

"글쎄요, 전자체에 그런 글자가 없는 걸로 아는데……."

"방법이 없구먼, 창제하신 대왕님께 다시 가보는 거지 뭐~"

나는 부득불 하게 대왕님께 다시 아뢰었다.

> 한글을 만든 것은 우리 글자를 가지고 백성을 편하게 하려
> 함인데 무엇이 그리도 못마땅하더냐?'

단군조선의 글 『가림토 문자(古篆)』

"세자, 이것을 보아라. 숙주가 가져온 서책들인데 인도 일본에서도 고자와 비슷한 글자가 있구나. 그리고 음운체계도 비슷하고."

"아바마마 범옹(신숙주의 호)이 또 큰일을 했나 보옵니다."

이두는 물론, 중국어, 일본어 그리고 몽골어, 여진 어에 능통하고, 인도어와 아라비아 문자까지 터득하고 있는 천재언어학자인 범옹이 부왕의 명을 받아 자료 수집을 위해 중국, 일본 등 각지에 수차례 왕래하고 있다는 것은 이미 알고 있는 사실이다.

세자는 대왕이 넘겨준 자료를 일변하였다.

"하오면 단군세기에 나온 '가림토문자'가 실제 있었다는 뜻이 아니온지요? 단군세기 자체를 믿을 수 없었는데."

"그렇지. 돌아가신 부왕(태종)께서 서운관에 보관된 많은 史書들을 공자의 가르침에 어긋난다 하여 소각할 때 별도로 챙겨둔 것인데, 어쩌면 나를 위해서 이것을 남겨 두셨는지도 모르지만, 이게 크게 참고 될 줄이야…… 암튼 이미 3,700여 년 전에 우리 선조들은 고유의 글자를 가지고 있었다는 것인데, 다만 그 쓰임새를 알 수 없어 안타깝기 짝이 없어~"

"아바마마, 이 글자에 비밀이 있는 게 분명합니다. 이 글자를 토대로 하여 연구를 해보심이 좋을 듯합니다."

"나도 그 생각이다. 이 동그라미 표시인 'ㅇ'는 뭣을 의미할까? 'ㅁ', 'ㅣ', 'ㅡ'는?"

"아바마마, 'ㅁ'는 혹시 입 모양을 표시한 게 아닐는지요?"

"입 모양이라? 그래 그거다. 우리 몸의 발성기관을 살펴봐야겠다. 동궁은 발성기관에 대해 잘 아는 사람을 수소문하여 보아라!"

. . .

"음, '가림토문자'라? 檀君世紀^{단군세기}에 기록된 모양인데 아우는 단군세기란 책을 들어봤는가?"

"들어보긴 했지만 읽어 보진 못했습니다. 고려말기 李嵒^{이암}이 쓴 걸로 압니다만……."

"그래? 암튼 그 책을 읽어 봄세."

세 사람은 얼른 집현전 서고에 소장된 『단군세기』를 찾아 펼쳤다.

나는 단군세기를 보면서 깜작 놀랐다. 단군이 이렇게 많이 있을 주이야...

"동생, 얼른 보니 단군이 마흔일곱 분 계셨네? 단군왕검 한 분만 계신 줄 알았지. 그것도 1,900여 년간 살다가 신선이 된 전설상의 인물로만 알았는데."

"저도 말만 들었지, 이렇게 자세한 이름까지는 몰랐습니다. 단군이나 고조선을 인정하면서도 아직 연구가 덜 된 탓인지 공인된 사실이 아니다 보니 교과서 등에 전혀 언급이 없는 걸요."

"연구가 덜 된 게 아니라 안 한 거 아닌가? 아님 그릇되게 알고 있거나……. 어쨌든 여기 가륵단군조에 '가림토문자'가 있구면, 형씨께서 읽어 보실까?"

중국인 친구가 또박또박 읽었다.

「庚子二年 時俗 尙不一 放言 相殊 雖有象形表意之眞書十家之邑 語多不通 百里之國 字難詳解 於是 命 三郎 乙普勒 贊 正音 三十八子 是爲加臨土 其文 曰:」

「경자2년, 이때 풍속이 일치하지 않고 지방마다 말이 서로 달랐다. 비록 상형 표의문자인 진서가 있어도 열가구의 마을에서도 말이 통하지 않거나 백리가 되는 나라에서는 글자가 어려워 이해하기 어려웠다. 이에 가륵단군께서 삼랑 을보륵에게 명하시어 정음 38자를 짓게 하니 이것이 가림토이다. 글자는 다음과 같다.」

ᆞ ᅵ ᅳ ᅡ ᅵ ᅥ ᆢ ᅩ ᅽ ᅦ ᅵ ᆖ ᆒ ㅈ ㅋ
ㅇ ㄴ ㅁ ㄷ ㅅ ㅈ ㅊ ㅿ ㅿ ㆁ ㅅ M
ㅁ ㄹ ㅂ ㅐ ㅭ ㄱ ㅊ ㅅ ㄱ ㅗ ㅍ ㅛ

"그런데 경자년이면 경자년이지 경자2년은 무슨 말이지요?"

중국인 친구가 자기가 읽은 것을 이해하지 못해 묻는다.

"그러고 보니 그렇구먼, 경자2년이라, 혹시 '경자'가 세종이니 세조니 하는 시호 같은 걸까?"

"다른 단군에도 같이 쓴 걸 보아 문맥상으로 가륵단군 재위 2년이 경자년이라는 뜻입니다."

"역시 아우가 제일이야, 가세나~"

"어디로 말씀입니까?"

중국인 강씨가 묻는 말에 나는 대뜸 답을 한다.

"어디긴, 가륵단군님 시대로 가 보 는 거지."

・ ・ ・

"이보시게, 아우. 여기가 고조선시대 맞는가? 고조선시대라면 아직 국가체제도 제대로 못 갖춘 나라로서 사람들이 풀로서 몸을 가리고 살던 미개한 시대가 아닌가? 초등학생 책에 보니까 그렇게 쓰였던데."

"저도 어리둥절합니다. 여기가 4,300년 전의 시대가 맞는 건가요?"

단군께서 거주하시는 王景^{왕경}(여기 사람들은 아사달이라 부르고 있다)이긴 하지만, 우람한 궁궐은 물론이요 나들이 나온 백성들의 의상마저 다채롭다.

삼베나 모직 또는 가죽으로, 심지어는 비단으로 세련되게 가꿔 입고서, 어떤 이는 옥으로 또 다른 이는 청동으로 단추 같은 장식들을 달고 있었다. 남녀 할 것 없이 바지에 저고리를 입었으나 여자는 바지 위에 가벼운 치마를 걸쳤다.

남자들은 상투를 하고 있었고 여자들은 길게 머리를 땋거나 말총처럼 묶었다. 여자들의 머리에는 하나같이 고운 비단헝겊으로 만든 댕기(일명 檀旂^{단기}라 함)를 달고 있다.

'역시 우리 민족은 상투가 상징인 모양이야. 댕기머리가 이때도 있었네? 단순히 멋으로 단 건 아닌 것 같은데……'

"여기가 그 평양 일대 왕검성인가 보지요?"

"형씨 무슨 소리요? 여기가 평양이라니?"

아우가 조금은 날카롭게 대꾸한 것이다.

"우리도 학교에서 배웠지요, 고조선의 수도는 평양이라고, 저기 강이 대동강일 것이고……"

그런가? 나 역시 그렇게 믿어야 할 판이다.

"이보시오, 대동강이라면 서쪽으로 흘러야 하는데 저 강은 동남

쪽으로 흐르고 있잖소?"

"아~ 그렇군요, 그럼 평양이 아니면 어디일까요?"

"저 사람들이 송화강 운운하는 걸 보니 저 강이 송화강인 모양일세, 가만 있자 송화강이라면 만주지역과 러시아 국경 쪽이 아닌가?"

갑자기 안중근 의사가 이토 히로부미를 저격한 하얼빈이 생각났다.

'이곳이 하얼빈? 하얼빈이 고조선의 수도였단 말인가?'

나의 짐작을 꿰뚫어보기나 하듯 동생이 큰소리로 말했다.

"그렇지 여기가 오늘날의 하얼빈이야. 단재 신채호 선생께서 이곳을 고조선의 최초의 도읍지임을 批正하셨지, 그분의 주장이 옳았어!"

동생은 흥분을 감추지 못했다.

"동생, 여기가 하얼빈이 맞아? 고조선의 수도는 평양이라고 배웠는데……."

"맞습니다. 저도 그렇게 배웠고 또한 그렇게 가르쳐 왔지요. 하지만 단재 선생께서는 '朝鮮上古史'라는 책에 한반도를 비롯하여 북만주 일대와 요서의 북경에 이르기까지 광대한 고조선이 실재했음을 주장하셨지요. 그 땅이 너무나 넓어 3개 구역으로 나누어 통치하였다고 했습니다. 그 책의 내용이 너무 황당하여 한번 읽고 만 책인데, 제가 잘못 배웠고 잘못 가르친 것 같습니다."

"허, 이런 사실을 잘못 가르치다니…….

연구가 부족해서 그런 건가, 아님 연구를 하지 않아서인가? 우리

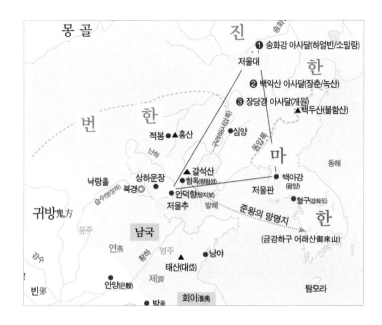

는 그동안 엉터리 역사를 배웠구먼. 이제부터라도 후세들에게는
제대로 된 역사교육이 되어야 할 텐데……."

"둘 다이겠지요, 문헌이 부족하다든지, 고증자료가 없다는 이유
등으로……."

"문헌이 왜 없어? 『단군세기』는 문헌이 아니고 뭔가?"

"강단의 역사학자들은 『단군세기』를 검증이 안 되는 僞書로 보
고 있으니까요."

"위서? 아니 우리가 여기에 온 것이 단군세기의 기록을 보고 온
것인데……. 그러면 가림토 문자를 확인해 보면 확실하겠구먼."

가륵단군께서 삼신 상제님을 수호하고 제천의식을 주관하는 삼랑 을보록을 기다리며 회상에 잠겼다.

　　조부 단군왕검께서 부족들의 추대를 받아 나라를 세운 지 150여 년. 왕검께서는 아홉 환족九桓族을 하나로 통일하시고 천하를 三韓으로 나누어 환웅성조의 가르침대로 신성한 덕성과 성스러움으로 백성을 다스리고 치산치수하시어 태평성대를 이루셨다.

　　왕검께서 御天(하늘나라로 돌아가심)하시니 만백성들이 부모를 잃은 듯 슬퍼하였고 아침저녁으로 모여 앉아 애도하며 추모하는 깃발 단기(댕기)를 받들며 경배하였다. 그 후 백성들은 단기를 항상 몸에 지니고 다녔다.

　　"오라, 댕기가 단군왕검께서 돌아가신 것을 애도하는 표시였구먼."

· · ·

　　뒤를 이은 부루 단군께서는 부왕의 뜻을 받들며 도량형을 통일하고, 농사철을 제때에 살펴볼 수 있는 달력인 七回歷(요즘의 달력과 마찬가지 7일을 기준으로 하여 28수宿를 조합하여 1개월, 52주가 1년이 됨)과 토지를 9등분하여 중앙은 여덟 가구가 공동 경작하는 井田法으로 백성들을 풍요롭게 하셨다.

"칠회력이 이때부터 생겼구먼. 그런데 정전법? 이거 중국의 周^주나라 때 만들어진 것 아닌가? 이게 단군세기에 나오다니."

동생은 믿을 수 없다는 듯이 말했다.

'정전법이 중국에서 만들어졌다는 것이 정설로 되어있는 판국인데.'

단군께서 붕어하시자 백성들은 목 놓아 통곡하였고 하늘에는 일식이 덮치고 산에서는 뭇 짐승들이 울부짖었다.

백성들은 집집마다 제사를 지낼 때면 단군님을 기리고자 곡식을 담은 항아리를 제단에 모시고 '부루단지라' 부르며 그 집의 業神^{업신}으로 삼고 있다.

"흠~ 부루단지? 저거 내가 어릴 때만 해도 웬만한 집에는 다 있었는데, 집안에는 조그마한 단지에 쌀 등을 넣어 만든 신줏단지라 하였거든. 그 전통이 여기서 출발했네그려. 말 그대로 반만 년의 전통일세."

· · ·

선대의 위업을 받들어 나라는 부강하고 만백성은 鼓腹擊壤^{고복격양}할 수 있는 치세를 만들고자 노심초사하고 있으나 미흡한 것이 많아 늘 걱정이 앞서나 선대의 총신이자 상재님의 수호자인 삼랑 으로부터 많은 도움을 받아 그나마 안심이 된다.

'공께서도 알다시피 우리나라가 남북 2만 리 동서 5만 리에 여러

부족이 있다 보니 지방마다 말이 서로 달라 의사소통에 많은 어려움이 있습니다. 문자로 서로 통할 수 있도록 신시 배달국 때부터 내려오는 「鹿圖」, 「龍書」, 「雨書」, 「化書」를 비롯하여 가까이로는 왕검천자께서 만드신 「神篆」 등의 문자가 있으나 어려워 백성들이 사용하기에는 불편했던 모양이외다. 해서 공께서 보다 쉬운 글자를 만들어 백성들에게 통일된 문자를 보급함이 어떨까 하오만……'

1여 년이 지난 오늘, 삼랑이 새로 만든 문자를 보고하러 온다는 것이다.

삼랑 공은 오른손을 왼손에 포개어 공손히 절하고 한 번 절할 때마다 머리를 세 번, 여섯 번, 아홉 번 조아리는 三六大禮후 엎드려 말했다.

'신 을보륵은 삼가 천자 폐하를 알현하옵니다!'

을보륵은 삼랑의 이름이었다.

"폐하!? 천자!? 천자는 우리 중국 황제에게만 사용하던 존칭인데~"

중국 친구가 발끈하며 내뱉듯 한다.

"이보시게, 여기는 4,300년 전의 조선일세, 저분들의 말씀을 들어 봄세."

. . .

'어서 오시오, 공께서 새로운 문자를 만들고자 불철주야 각고의

노력을 다하고 있음을 익히 들은 바 있소!'

'망극하옵니다. 신은 다만 御心을 받들고자 했을 뿐이옵니다.'

'감읍할 뿐이오. 공께서 만드신 글이 어떤 것인지 설명해 보시지요.'

'폐하, 사람들이 글을 만들게 됨은 서로 다른 사람끼리 의사를 소통하기 위한 방편과 다른 사람 또는 후세에 전하기 위한 수단이기 때문입니다.

아득한 옛날부터 사람들은 동물이나 사물의 모형을 본뜬 그림으로 자신들의 뜻을 전달코자 했으나 사람들마다 그 표현 방법이 달라 서로 통하기가 불편하였습니다.

이에 배달국 환웅천제께서는 神志 赫德에게 명하시어 이 땅의 백성들에게 상제님의 뜻을 베풀고 밝혀줄 수 있는 문자를 만들도록 하였고 후에도 태호 복희씨나 치우천황 때도 글자를 만들었으나 대체적으로 뜻을 전하는 문자表儀인지라 일반 백성들에게는 어려워 널리 사용되지 못하였습니다.

차제에 신은 뜻글자가 아닌 소리글자를 만들어 누구라도 쉽게 글을 익힐 수 있도록 하였습니다. 상제님이 現神하신 하늘, 땅, 사

람의 <ruby>三神<rt>삼신</rt></ruby>을 조화시켜 사람이 낼 수 있는 소리의 입 모양이나 발성 기관의 모양을 본떠 홀소리, 닿소리로 만들었습니다.'

'오 그래요! 상제님의 뜻도 반영되었다니 정말 훌륭한 글이외다.'

삼랑 공은 도표를 펼치고서 글자에 대한 설명을 하였다.

을복이 제시한 도표의 글자는 훈민정음과 너무도 흡사하였다.

'이 글은 우리 조선국의 정음으로 사용할 것이며 백성들에게 도움을 주어 상제님의 혜택을 두루 받게 하는 글자라는 뜻으로 '<ruby>加臨土<rt>가림토</rt></ruby>' 문자라 하시오.'

'성은이 망극하옵니다.'

가림토문자는 B.C 2181년에 만들어져 단군조선시대 계속 사용되다가 녹도문과 갑골문에서 출발한 한자가 진화되고, 점차 문자가 귀족 등 지배층들의 통치수단 및 전유물이 되면서 서서히 사라지고 인도, 몽골 일본 등 일부 지역에만 변용, 사용되고 있었다.

"동생, 우리의 한글이 여기서 출발했다고 할 수 있구먼. 단군조선이 이렇게 강대한 국가인 줄 몰랐네. 우리가 알던 삼한이 단군왕검께서 광활한 영토를 다스리기 위한 <ruby>三韓管境制<rt>삼한관경제</rt></ruby>에서 나온 것일 줄이야 꿈에도 생각 못했네."

"저 역시 그렇습니다. 가림토 문자가 정말 있었군요. 제가 가르쳤던 한반도의 마한, 변한, 진한의 삼한과는 그 개념이 전혀 다르군요."

온 김에 <ruby>走馬看山<rt>주마간산</rt></ruby>격으로 단군조선을 둘러보았다.

그 와중에 중국인 친구는 중화의 변방 속국으로만 알고 있던 조선이 이처럼 강대할 뿐 아니라 중국에서는 성군으로 떠받드는 요, 순임금을 비롯하여 夏나라, 殷나라, 周나라가 단군조선의 제후 국나라로 된 것에 대해 믿기지 않는다고 낙심한 듯 투덜대었다.

"동생, 가림 토 문자가 존재하는 것이 확실한 만큼 이제 세종대왕께서 이를 어떻게 활용했느냐가 문제일세."

"글쎄요, 이미 수천 년이 지난 세월인지라 그 원리가 제대로 이어질지 걱정입니다."

· · ·

"공주는 어떻게 생각하느냐?"

세자는 누이인 정의공주에게 물었다. 어릴 때부터 총기가 있어 부왕의 총애를 한 몸에 받으며 부왕의 문자창제에 많은 도움을 주고 있다.

"아바마마께서는 소리글자를 만들기로 하였사오니 소리는 발성기관으로부터 나는 만큼 발성기관을 연구해봄이 지당할 것입니다. 소리 모양을 발성기관에 맞추어 보는 것도 재미있을 것 같습니다."

"소리 모양? 소리를 모양으로 만든다?"

임금은 호기심 어린 듯 말했다.

"소리 모양이 곧 글자 모양이 되겠지요."

"아바마마 소리 모양과 글자 모양을 같이 생각해 보자는 공주의 생각이 재미있습니다."

두 오누이 간의 대화를 유심히 듣던 대왕은 무릎을 쳤다.

"그렇다, 발성기관에서 찾아보자. 발성기관이라면 목, 혀, 입술, 코, 잇 발 등이 있겠다.

우선 목부터 살펴보자. 목에서 나는 소리가 어떤 것이 있나 소리를 내어 보아라."

"아~ 오~ 우~ 으~ 어~"

"이번엔 짧게 소리 내어 보아라."

"아, 오, 우, 으, 어."

세자와 공주는 반복하여 소리를 내었고 대왕은 목안을 유심히 살폈다.

"음 목구멍이 둥글게 열리는구나. 그러면 우선 동그라미를 글자로 만들어 보자. 'ㅇ' 그렇지, 가림토문자에도 있었지?"

대왕은 단군세기에서 필사한 가림토문자를 훑어보고는 'ㅇ'을 표기했다.

"이번엔 잇 발에서 나는 소리를 내어 보아라."

"스, 즈, 츠."

"가만 있자, 세 가지 소리가 잇 발의 모양이 같은데 소리는 다르게 나지?"

"아바마마 '스'에서 '즈'나 '츠'는 혓바닥에 힘을 주며 이를 막아 주니까 그렇게 소리 납니다."

대왕도 스, 즈, 츠를 반복해 보았다.

"옳거니, 잇 발 사이의 모양이 가림토문자의 'ᄉ'와 닮았구먼, 그리고 힘을 주니까 소리가 드세어지니 위쪽에 획 하나씩 넣으면 되겠구먼, 그렇지 'ㅈ', 'ㅊ' 모양이 있네, 다음으로 입술소리를 내어 보자꾸나."

"므, 브, 프, 쁘."

"머, 버, 퍼, 뻐."

"마, 바, 파, 빠."

"이 역시 '스'와 마찬가지로 '므'가 기본이구나. 그러면 입술 모양을 네모로 하면 되겠구나. 마침 한자의 입 '口'도 가림토문에 있으니, '므'에 힘을 주니 '브'가 되는데 획을 어디에 붙이지?"

대왕이 고심하는 것을 보는 우리가 답답해졌다.

'그냥 'ㅂ' 하면 될 텐데…….'

"아바마마, 여기 가림토에 'ㅍ'가 있사온데 이를 이용해 보심이……."

정의공주의 말이다.

"그렇지요. 아바마마 'ㅍ'가 'ㅁ'에서 획을 좌우로 붙였으니 한 쪽만 붙이면 어떨까요?"

"그래 동궁 말이 맞다. 한쪽만 붙이면 되겠구나."

"이왕이면 보기 좋게 세우면 좋을 듯합니다. 'ㅂ' 이렇게 말입니다."

정의공주가 글을 써보였다.

"그래 보기가 좋구나, 가림토에는 없는데. 역시 공주라서 그런지 미적 감각이 좋아!"

"황송하옵니다. 아바마마~"

"이제 혀 소리를 내어 보자."

"'느, 드, 트, 뜨'인데 혀가 입천장에 닿아서 내는 소리이고 이 역시 느가 기본이 되는 것 같습니다."

"맞구나, 혀가 입천장에 닿는 모양이면 'ㄴ'가 좋겠구나. 그리고 '드'나 '트'는 힘을 가하는 차원에서 'ㄷ', 'ㅌ'로 하면 되겠고."

"하온데 '브, 프'나 '드, 트'는 해결되었으나 더 거센 소리인 '쁘'나 '뜨'가 아직 해결되지 않았습니다."

"그뿐만 아니지, '君子' 할 때 군의 앞소리(초성)나 버들 '柳'의 앞소리를 표기하는 글자가 있어야 되겠고, 암튼 오늘은 그만하자, 더 연구하여 다음에 만나도록 하자. 그리고 동궁, 발성기관을 잘 아는 사람은 알아보고 있느냐?"

"예, 수소문하고 있습니다."

며칠이 지났다. 그동안 대왕께서는 일과 후면 밀실에서 밤늦도록, 때로는 밤을 지새우며 우리말의 음운체계를 연구하였다.

이번엔 발성기관을 잘 안다는 의원 한 사람이 더 추가되었다.

그는 발성기관 세부 그림을 벽에 걸고는 각 기관의 기능을 설명하였다.

　"내가 말하는 것을 그림으로 표시할 수 있겠는가?"

　대왕께서 '느'라고 하셨다.

　그는 곧장 혀가 천정에 닿은 모습을 그렸다. 역시나 'ㄴ' 모양이었다.

　"이번엔 '르'를 그려 보거라."

　의원은 몇 번인가 반복하더니 혀가 반쯤 감긴 덧 한 모습을 그렸다.

　"아바마마, 이 소리는 혀가 잇몸이나 천장에 닿지 않아 계속 움직이는 모양입니다."

　"그렇습니다. 아바마마, 가림토에 'ㄹ'과 유사한 것 같습니다."

　"동궁 말이 옳구나, 그럼 '르'는 이것 'ㄹ'으로 해보자. 이번엔 '그'를 표시해 보거라."

　"상감마마 이 소리는 위아래 어금니가 마주친 상태에서 목구멍에서 나는 소리인지라 그리기가 난감하옵니다."

　"괜찮다. 그릴 수 있는 데까지 그려 보아라!"

　대왕은 그가 그린 그림에 붓을 들어 목구멍에서 입술까지 곡선 'ㄱ'을 그으며 말씀하신다.

　"여기서 이렇게 소리를 낸단 말이지…… 흠."

　"아바마마께서 그리신 대로 하면 어떨는지요?"

　공주가 가림토문자와 비교하면서 'ㄱ'을 그렸다.

"그렇구나, 공주의 재치가 拔群^{발군}이구나. 그럼 '크'는 목구멍을 중간에서 힘을 주는 모양으로 'ㅋ'로 하면 되겠고 'ㄲ'가 남았구나."

"아바마마 'ㄸ'와 'ㅃ'도 있사옵니다."

"그도 생각 중이다. 자네는 'ㄸ'나 'ㅃ', 'ㄲ'를 표시해 볼 수 있겠나?"

의원은 'ㄸ,' 'ㅃ,' 'ㄲ'를 수십 번 반복하더니 아뢴다.

"상감마마, 이 소리는 그림으로 표시하기에는 불가하옵니다."

"알겠다. 좀 더 생각해 보자. 그러면 'ㅎ'와 'ㅇ'를 그려 보아라."

공주와 동궁은 'ㅎ', 'ㅇ' 하면서 소리를 내고 의원도 소리 내며 동궁과 공주의 입 안을 살펴보더니 붓을 들었다. 목구멍에 목젖이 달린 모습과 목젖이 조금 접힌 채 목구멍이 반 닫힌 두 가지 모양이다.

"상감마마, 이쪽이 'ㅇ'이옵고, 이쪽이 'ㅎ소리' 이옵니다."

"그래, 내가 처음 목구멍을 동그라미로 표시하였지…… 너희들은 어떻게 생각하느냐? 각자 그려 보아라."

동궁과 공주는 따로 글자를 썼다. 두 사람 모두 'ㅇ', 'ㅎ' 모양을 그렸다.

"허! 어찌 그리 내 생각과 같으냐? 공주가 설명해 보아라."

"아바마마. 동그라미에 목젖을 표시하고 'ㆁ', 이것에 목구멍이 반 닫힌 모양을 나타내다 보니 'ㅎ' 그 말고는 방법이 없사옵니다."

"하하하…… 맞다, 맞아. 우리 선조들께서도 소리 내는 구조를 알고 있었던 게야. 그래서 소리마다 글자를 만드신 거지."

"하오면 아바마마, 가림토의 'ㅎ'는 어떤 소리일는지요? '으'와 '흐'의 중간소리?"

"더 연구해 보자꾸나. 어쨌든 말이란 소리가 모여, 즉 소리마디로 만들어지는 것인즉 이 글자들을 만들어 조합하면 말과 글이 일치하는 문자가 될 게야."

"그러면 우리말의 구성요건이나 구조도 알아보아야 하겠습니다."

"맞는 말이다. 그리하여 우리말의 音韻^{음운}이나 音價^{음가}를 연구하여야 할 것 같다. 동궁의 노력이 가상하도다. 눈이 피곤하구나. 오늘은 이만 하자, 그리고 자네는 오늘 여기서 한 일들에 대해 절대 소문을 내지 말거라."

"마마! 하루빨리 배우기 쉬운 우리 글자를 만드시어 백성들을 깨치게 하시옵소서. 저희 백성들은 그날만을 기다리고 기다리겠사옵니다."

어디선가 '딩~' 하며 종소리가 가슴속으로 파고든다.

• • •

"형님 우리가 쉽고 편하게 쓰던 한글이 이토록 어려운 과정으로 만들어진 줄 몰랐습니다."

"저도 정말 놀랐습니다. 조선의 글을 임금이 손수 만들다니……"

"단순히 글자만 만드신 것이 아닐세. 잊어버렸던 반만 년 전의 단군님의 뜻을 다시 이룬 것이지. 근데 동생, 방금 저 종소리는?"

"시간을 알리는 종소리입지요. 지금 시간으로 보아 아마 삼경일 겁니다."

"삼경이면 새벽 1시경이라……. 아참! 동생, 이 당시 장영실이가 만들었다는 自擊漏^{자격루}라는 시계가 있다지? 그걸 보러 가세나."

"좋습니다. 저도 보고 싶었습니다. 학생 때 복원한 것을 본 적 있지만."

報漏閣^{보루각}에 설치된 자격루는 21세기 소위 최첨단의 정밀 器機^{기기}시대에 살았던 눈으로 보아도 그것은 단순한 자동시보 장치인 기기가 아니라 정교한 예술품이었다.

지렛대의 원리, 수압과 부력을 이용하였는가 하면 물체의 낙하속도까지 정확히 계산하여 한 치의 착오 없이 일사분란하게 움직였다.

장영실은 단순히 뛰어난 기술자 또는 匠人^{장인}이 아니라 천재적인 과학자였던 셈이다.

• • •

여기 세 명은 넋을 잃은 채 관찰하였다.

"여기 비문이 있는데 형씨께서 읽어 보시겠소?"

장영실과 함께 작업했던 김빈이 쓴 내용이다.

「음양이 번갈아 밤과 낮이 바뀌고 天道^{천도}는 소리 없이 돌며, 神供^{신공}

은 자취가 없다. 皇帝^{황제}때 이래 천지의 도를 이어 해시계와 물시계를 만들었으나 그 법이 달리하였고 우리나라도 옛 제도가 허술하여 지금에야 비로소 큰 법식을 만드니 이는 우리 임금의 濬哲^{준철}하심이니라. 장대한 이 장치는 하늘을 본받아 만든 것인데 그 주조가 자연과 같고 그것을 본뜬 이치가 어긋남이 없어 마치 귀신같아 보는 사람이 모두 탄식한다. 이에 표준을 세워 무궁하게 전하리라.」

· · ·

'대왕께서 드디어 조선의 시간을 확보하셨구나!'

"형님, 이왕이면 玉淚^{옥루}도 보 시지요?"

"옥루? 그것도 장영실이가 만든 물시계인가?"

"그렇지요. 자격루는 조선의 표준시계이고, 옥루는 임금님을 위한 궁중시계인 셈이지요. 뿐만 아니라 각종 天文儀器^{천문의기}를 하나로 종합한 만능시계라 할 수 있지요."

"그런가? 어서 가봄세."

· · ·

"대왕께서는 장영실이가 이 시계를 만들자 '공경함을 하늘과 같이 하여 백성에게 節候^{절후}를 알려 준다'는 뜻으로 欽敬閣^{흠경각}이란 이름을 지었다 합니다."

자격루에서 감동을 받았다면 여기 옥루에서는 충격이었다.

하루의 시각을 12분 단위로 알려주는 것이 자격루였다면 옥루는 해가 사계절, 24절기에 맞게 움직이는 모습까지 자동으로 표시해 주는 것이다.

해 밑에는 옥으로 만든 여자 인형 넷이 손에 금 목탁을 잡고 구름을 타고 사방에 서 있다가 제 시간이 대면 목탁을 두들긴다. 그 밑에는 청룡, 백호, 주작, 현무 등 사신들이 제 위치에서 산을 향해 섰다가 제철이 되면 돌아섰다가 다른 사신들이 돌 때까지 기다린다.

산 축대 밑에는 시간을 맡은 인형 하나가 붉은 비단옷을 입은 채 산을 등지고 있다. 갑옷을 입은 무사 세 명이 종과 방망이, 북과 북채, 징과 채찍을 들고서 시간을 맡은 인형의 지시에 따라 절기별 북을 치기도 하고 징을 치거나 종을 두드린다.

산 밑 평지에는 12지신이 서 있으며 12지신 뒤 구멍에서 시간이 되면 옥녀가 시간을 알리는 패를 들고 나와서는 그 지신과 함께 다음 시간의 지신으로 이동하는 것이다.

· · ·

"이처럼 정밀한 시간을 알려면 정밀한 천문관측기술이 전제되어야 할 터인즉."

"있고 말구요, 渾天儀^{혼천의}라는 천문관측기 겸 천문시계도 있는 걸요?"

"나도 들어봤지만, 혼천의가 관측기 겸 천문시계라는 말은 처음 들어보는구먼."

"그 역시 물에 의해 작동된다는 것인데 저 역시 실물은 보지 못했습니다."

"거기도 가볼까?"

"잠시만요! 거기에 가 기 앞서 지난번 『단군세기』를 보면서 '五星翠樓'라는 천문현상이 관측되었다고 했습니다."

"오성취루? 그게 무슨 현상인가?"

"저도 정확히 모르겠습니다."

"혹시 형씨께서는 아시는가?"

"글쎄요, 저도…… 다섯별이 한데 모였다는 것인지……."

"고조선시대에도 천문을 관측하였다는 뜻인데, 암튼 관측된 그곳으로 가 보세나."

캄캄한 밤하늘, 셀 수 없는 수많은 별들이 금가루를 뿌린 듯 반짝이며 땅으로 쏟아지는 듯했다.

> 이 글은 우리 조선국의 正音으로 사용할 것이며
> 백성들에게 도움을 주어 상제님의 혜택을
> 두루 받게 하는 글자라는 뜻으로
> '加臨土' 문자라 하시오.

3,750년 전의 우주 쇼 '오성취루'

"동생! 어느 시대, 어느 장소로 가야 되지?"

"기록에는 13세 屹達(흘달) 단군 50년 戊辰(무진)년으로 되어 있습니다만."

"남북 2만 리, 동서 5만 리나 되는 그 넓은 천지에 어디로 가야 된단 말입니까? 그리고 날짜도 없는데……."

중국인 친구가 못마땅하다는 표정을 지으며 말한다.

"장소는 아무래도 수도인 아사달에 가면 될 것 같은데, 날짜는 형님께서 무진년 그해를 다 검색해 보아야 하겠습니다."

"그러세. 별로 어려울 것도 없지."

흘달 단군, 재위 50년, 무진년, 오성취루, 조건을 넣어 시간을 돌려 보니 BCE 1733년 음력 7월 11~13일이다.

"잠깐!"

"뭔 일입니까?"

"그러고 보니 오성취루라는 말을 들어 본 적이 있어. 몇 년 전이

었던가, 우연히 어느 TV에서 천문연구원 교수가 오성취루 천문현
상이 실재 있었음을 천문관측용 컴퓨터로 검증하였다는 걸 잠시
본 적 있어, 그때는 대수롭잖게 생각했었는데……."

"그래요? 그러면 어서 가봐야겠지요?"

아사달은 축제 분위기다. 연초에 7월 이날은, 개국 이래 두 번째
화성, 수성, 토성, 목성, 금성의 다섯별에 더하여 달까지 일직선으
로 모인다는 소위 오성취루 현상을 '監星^{감성}'의 천문 관들에 의해 발
표되었다.

감성은 11세 '道奚^{도해} 단군'께서 천문 관측을 위해 설치한 기구이
다. 특히 이날은 초저녁에 나타난다 하여 온 백성들이 환호하며 이
날을 손꼽아 기다리고 있었다.

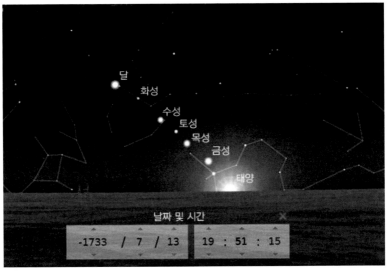

박창범 교수 등이 2012년에 측정한 오성취루: −1,733년 전 7월 13일

뭇 여름 농사일에 땀 흘리던 백성들은 머지않은 가실을 앞두고
서 풍년을 예상했음인지 벼가 익는 것을 바라보며 몸과 마음이 한
결 여유로워 보인다.

아직 해가 지려면 많은 시간이 남았음에도 남녀노소 수많은 백
성들이 蘇塗(소도) 주변에 모였다.

"이보시게 동생, 소도라는 게 그냥 솟대나 설치한 무당들의 굿터
정도로 알았는데 어마 어마한 큰 신전일세!"

"저도 놀랐습니다. 기록을 보니 소도의 유래가 깊습니다."

소도는 배달 환웅께서 '神市(신시)'(백두산)에 나라를 開天(개천)하면서 상제
님께 천제를 지내던 성스러운 장소이다. 둘레에는 박달나무를 심
었고 주변에 가장 큰 나무를 상제님이 항상 머물고 계신다는 뜻으
로 '雄常(웅상)'이라 했다.

도해천자께서는 상제님의 뜻을 만백성들에게 더 널리 전파하고
자 전국 12名山(명산)을 택하여 각 산중에서 가장 아름답고 신성한 곳을
선택해서 소도를 만들고 善男善女(선남선녀)를 선발하여 소도의 참뜻을 받
들게 하니 이들을 國仙(국선)이라 하였다.

흘달 천자께서는 더 많은 소도를 설치하시고는 주변에 상제님이
내려주신 天指花(천지화)(무궁화)를 많이 심으셨고 局堂(경당)을 설치하여 국선
들이 학문과 무예를 닦아 상제님과 나라를 위한 조직으로 발전시
켰으니 이들을 '國子郎(국자랑)'이라 했다. 그들은 밖에 다닐 때 머리에 천

지 화를 꽂고 다녔기에 '천지화랑'이라 불렀다.

소도 앞 광장에서는 '烏羽冠[오우관]'에 새 깃털과 천지 화를 꽂은 미소년 국자랑 들이 말을 타고 달리며 활쏘기 등 각종 무예를 시범 보였다. 백성들은 그들의 묘기에 박수치며 환호하였다.

"저들은 신라 화랑이 아닌가? 영화에서 본 화랑들의 모습과 매우 흡사한데."

"신라 화랑제도가 그냥 하루아침에 만들어진 게 아니었나 봅니다. 그리고 보니 고구려의 '皂衣先人[조의선인]'이나 백제의 '無節[무절]' 등이 이에 연유한 것 같습니다."

"조의선인? 나도 들어본 것 같구먼, 연개소문이나 을지문덕 장군이 조의선인 출신이라지."

"맞습니다."

"그리고 백제에는 무절이 있었구나. 몰랐네."

. . .

어느 사이 해가 지면서 저녁노을이 붉어지더니만 옅은 어둠이 서서히 몰려오는 중에 왼쪽 하늘에서 상현조각달이 비스듬하게 살짝 얼굴을 내밀었다. 사방에 별들이 하나 둘 반짝일 무렵 화성, 수성, 토성, 목성, 금성 다섯별이 한 뼘 간격으로 일직선으로 정렬되었다. 다섯 별들은 유난히도 찬란하게 반짝이며 빛났었다.

백성들은 환호하며 손에 손을 잡고 춤을 추었다. 먹고 마시며, 노래하며 춤추는 축제는 3일 동안 밤늦도록 계속되었다. 마지막 날에는 천자께서도 함께하였다.

"형님, 설마 했는데 고조선시대, 그것도 3,750년 전에 이처럼 정확한 천문관측 능력이 있을 줄이야 상상도 못했습니다. 지난번 가림토 문자 때문에 단군조선의 실재를 확신하였습니다만 21세기에도 첨단 과학이라 할 수 있는 천문관측기술이 고조선에도 있을 것이란 생각은 못했습니다. 그저 미신에 가까운 점성술 정도로만 여겼었는데……."

"역사책에 기록된 것인데 왜 모르고 있었지?"

"그것이 위서니, 조작된 기록이니 하여 저도 그렇게 믿은 것이지요."

"아니, 위서의 근거가 무엇인데?"

"고증이 되지 않으면 일단 위서로 보는 것이지요."

"고증이 되지 않으면 위서라? 저들이 연구를 제대로 못해서 고증을 못한 것도 위서인가? 그리고 고증이란 게 뭔가? 꼭 눈으로 확인되어야 하는 것인가?"

"과학적으로 사실을 입증한다는 뜻이지요."

"과학적 입증? 거참 어렵구먼? 과학적으로 입증하지 못하면 모두가 거짓인가? 어떤 자연현상을 능력부족으로 입증하지 못하고서는 미신이니 초자연이니 하는 것과 마찬가지구먼."

"그게 實證史學^(실증사학)의 맹점이라 하겠지요. 전설로만 알려졌던 트로이 목마가 발굴되고서야 역사적 사실로 인정받듯이 말입니다."

중국인 친구가 한마디 거들고 나섰던 것이다.

"오, 형씨도 역사학에 대해서 많이 알고 있구려."

"아닙니다. 학생 때 관심이 있어서 읽어본 적이 있었습니다만."

"그런데 그 트로이 목마의 전설은 전설로서라도 교육되고 전해져 왔기에 발굴이라는 큰 업적이라도 있었지, 아예 그 자체를 교육하지 않았다면 그 역사는 묻혀 버렸거나 잃어버린 역사가 되었겠지.

내가 보건대 우리는 사료나 기록이 있음에도 잘못된 것이라 예단부터 하고 무시하는 경우가 많은 것 같아. 너무 실증사학이라는 것에 목매는 것 아닌가?"

"저도 동감입니다. 무시할 뿐 아니라 자기 사상에 맞지 않으면 그 사료조차 없애려 하거나 왜곡, 조작하는 경우도 있습니다. 그리고 자신들의 이론이나 사상에 맞지 않는 것을 연구하거나 가르치기라도 한다면 이단이라 매도하거나 학계에서 매장시키려 하지요."

"에이! 학문을 하는 학자들이 그래서야…… 어쨌든 학문에 이념이 들어가면 그 학문은 순수성을 잃게 되고 결국에는 이념논쟁이나 투쟁의 장으로 변하는 거지."

"흐흐, 그런 건 우리나라에도 많습니다. 우리는 黨^(당)이라는 절대적인 이념이 있다 보니 그에 맞추지 않으면 그 학문은 반동이 됩니다."

"그야 공산당의 국가이니까 그럴 수 있겠지, 당은 절대 無誤謬이
니까."

"아니, 선생님께서 무오류라는 말을 어떻게 아시죠?"

"뭐, 소싯적에 들어본 풍월이지~ 암튼 형씨도 당의 무오류를 믿
는 거요?"

"글쎄요, 그렇게 배우긴 했습니다만……."

"확신이 없는가 보지요? 당원이 아니셨나?"

"당원은 못되었습니다만……."

"공산당이 하는 일은 오류가 절대 없다는 뜻입니까?"

첫 번째 동생이 한 말이었다.

"그들은 그렇게 주장하는 거지, 주장이라기보다 일종의 신념이
겠지. 형씨, 내 말이 맞아요?"

"맞습니다만, 제가 봐도 당이 한 일이 모두 옳았던 건 아니었던
것 같아요. 약진운동이나 문화대혁명, 천안문 사건 같은 것은 큰
오류였다고 봅니다."

"허~ 형씨, 그런 말 하면 반동으로 몰릴 텐데?"

"흐흐, 이곳이니까 이렇게 말하는 거죠. 중국이었다면 반동이
아니라 처형감이지요."

"문화혁명이 잘못되었다는 거요? 내가 알기로는 우리나라 현대

정치사상의 거두인 리영희 교수가 '인류 최초의 인간의식 개조혁명'이라고 극찬한 '사회주의 혁명'으로 毛主席^{모주석}의 위대한 업적으로 알고 있는데?"

"동생도 모택동에 대한 환상에서 빠져 있었구먼. 하긴, 업적이라면 업적이겠지. 자신의 권력유지를 위해 혁명이란 명분으로 수백만의 무고한 인민을 학살 희생시킨 업적이지."

"저도 학창시절에는 反封建^{반봉건}, 만민평등, 그리고 자본주의 타파를 위한 인류 역사상 위대한 혁명적 실험이었다고 배웠습니다만……얼마 전에야 문화혁명이 당과 국가, 인민에게 가장 심한 좌절과 손실을 가져다 준 극좌적 오류라고 당에서 규정하였음을 알았지요."

"그래요? 모택동은 위대한 사회주의 혁명가로만 생각했었는데. 한때는 우리 학생들의 우상이기도 했었고……."

"그게 다 리영희 교수 같은 그릇된 편견에 사로잡힌 어설픈 엘리트들의 영향 때문이겠지. 형씨, 사회주의 혁명이란 게 무엇인가요?"

"프롤레타리아 혁명, 즉 공산주의 혁명의 前^전 단계라고 합니다만."

"공산주의 혁명의 전 단계라고요? 공산주의나 사회주의는 같은 개념이 아닌가요?"

"反^반 자본주의라는 차원에서는 같은 개념일 수 있겠지만 맑스, 레닌이 말하는 공산주의 사회와는 차이가 있지요."

"어떤 차이인가요?"

"중국은 다른 자본주의 국가처럼 자본주의가 성숙하지 못했을 뿐 아니라 봉건잔재가 많은 농업사회였기에 순수 프롤레타리아 계급만으로 혁명을 할 수 없기 때문에 노동자 농민, 그리고 반봉건 지식인들과 연합하여 봉건자본주의를 완전히 타파한 후 공산주의 사회로 이행한다는 것입니다."

"그러면 아직도 혁명 중인가요? 그게 언제 끝나는 거요?"

"평등한 노동과 분배를 할 수 있는 완전한 공산주의 사회가 아닌 것은 확실하니 혁명 중인 것은 맞는데, 언제 끝날 지는 저도 감을 못 잡겠습니다."

"평등한 노동과 분배라? 형씨, 그런 공산주의 사회가 가능하다고 믿어요?"

"맑스, 레닌 이론에 의한다면 가능할 것도 같은데……."

"동생도 가능하다고 믿는감?"

"가능성 여부는 잘 모르겠습니다만 이상적인 사회라고는 할 수 있겠지요? 그런 사회를 추구하고자 하는 과정이나 노력은 필요한 것이 아닐까 합니다만."

"평등사회라…… 평등이 어떤 것인데?"

"차별이 없는 것 아니겠습니까? 형씨는 어떻게 생각해요?"

중국인은 고개를 끄덕였다.

"차별 없는 것이 평등이라? 사람이란 서로 차이가 있는 게 당연한데 차별이 없을 수 있을까? 오히려 그 차이를 인정하는 것이 진정한 평등이 아닐까 하네만."

"차별이 있는 것이 평등이라뇨?"

"나도 과거에는 동생처럼 차별이 없는 것이 평등이라 생각했었지만 생각해 보게, 같은 시간에 더 많이 생산한 사람이나 적게 한 사람이나 똑같이 분배를 한다면 그게 진정한 평등일까? 그것은 평등이 아니라 평균일 뿐이야."

"그 평균이라도 유지된다면 대체적인 평등사회라 할 수 있잖습니까?"

"그렇겠지, 그런데 이해득실을 계산하는 인간의 본성 때문에 그 평균은 유지가 되지 못하는 법이야. 상향은커녕 하향하기 마련이지, 다 같이 잘 살아보자는 평등의 가치가 추락할 수밖에 없는 사회가 이상사회일까?"

"그래도 빈부의 격차가 없어 사회갈등이 없는 사회가 될 수 있잖습니까?"

"그럴까? 형씨, 중국은 어때요? 사회주의 국가에서 갈등이 없을까요?"

"솔직히 중국도 빈부격차가 대단합니다. 인민들이 그걸 알고 있지만 대놓고 표출하지 않을 뿐이지요."

"표출을 했다간 '천안문 사건' 같은 사태가 발생하겠지. 게다가 계급사회를 없앤다더니 공산당이라는 새로운 계급을 만들어 인민을 수탈하는 그런 사회를 지상낙원 운운하고 있지."

"소련을 비롯한 공산주의 국가가 붕괴된 후엔 우리 중국에서도 지상낙원이라는 말은 사용하지 않고 있습니다."

"얼마간은 그렇겠지. 언젠가는 또 지상낙원을 내세우며 혁명한다고 하겠지."

"그게 무슨 말씀입니까?"

"형씨는 '공산주의자의 信條^{신조}'라는 것 들어 봤는가요? 당원이 아니라니까 모를 수도 있겠네. 그 신조에 보면 공산주의 혁명을 위해서라면 '거짓말도 서슴없이 하고, 필요하다면 공산주의를 포기한다.'라는 선언도 하라고 했거든."

"아, 그러고 보니 맑스, 레닌의 전략전술에서 본 것 같습니다."

"공산주의의 모순에도 불구하고 한동안 인류 역사의 한 페이지를 차지할 수 있었던 것은 그들은 '전략전술'이라는 이론적 무기가 있었기 때문이지, 그 이론이 워낙 다양하고 교묘하다 보니 현혹되어 많은 사람과 나라들이 공산주의로 넘어가고 말은 거지."

젊은 시절 공산주의 전략전술을 분석 연구하던 때가 생각나서 잠시 말을 중단하였다가 다시 말을 이었다.

"그들의 전술 중에 '용어 혼란전술' 또는 '위장전술'이란 게 있어, 평화, 자유, 민족, 해방 등이지. 동생, 평화의 개념이 뭔가?"

"그야 전쟁이 없는 상태라 할 수 있지요."

"전쟁이 없는 상태라? 형씨는? 당신들 공산주의에서 '평화'는 뭣인가요?"

"솔직히 우리에게 평화란 자본주의가 멸망한 상태를 말합니다. 대외적으로는 전쟁이 없는 것이라고 합니다만."

"그 말은 자본주의가 있는 한 평화는 없다는 것이지. 평화를 위해서는 자본주의를 멸망시켜야 한다는 것이고, 하지만 그들은 자본주의자나 공산주의자가 아닌 사람들에게 평화를 끊임없이 강조하면서 자신들이 '평화주의자'인 양 선전하고 있는 거지."

"처음 들어 봅니다. 대내, 대외용이 따로 있다니."

"그뿐인가? 형씨, 공산주의 혁명에 가장 큰 장애요인이 뭐라고 했던가요?"

"민족주의입니다."

"예? 민족주의? 당신들은 민족해방이니 하면서 민족이란 말을 가장 많이 사용하고 있잖습니까?"

첫째 동생이 받아쳤다.

"그게 바로 위장전술인 겁니다. 적대국이나 적대세력을 '제국주의'로 만들고는 제국주의에 신음하는 민족을 해방시킨다며 '민족해방'을 부추기고, 전쟁을 의미하는 '해방'이란 말로 혁명을 하는 것입니다."

"맞아. '종교는 아편'이라 규정을 하면서도 종교의 자유니, '해방신학'이니 하는 용어로 대중들을 현혹하기도 하지."

"결과적으로 공산주의는 이론은 좋으나 실제가 그렇지 않다는 것이 입증된 셈입니다."

"동생, 공산주의 이론은 좋다고? 천만의 말씀이야. 공산주의는 이론 자체도 틀린 것일세. 무엇보다 인간의 본성 즉 선과 악을 동시에 가진다는 것을 생각하지 않은 이론일세. 그러기에 그들도 현실성이 없다는 것도 알았기에 지상낙원 건설이라는 거창한 명분을 내세워 인간을 현혹하고 세뇌시키고 이를 위한 혁명의 전략전술이라는 것을 만들었다고 볼 수 있지. 그리고 자본주의가 고도로 발전하면 자연적으로 공산혁명이 발생한다고 주장하면서도 그 혁명이 순리적으로 되지 않는다고 단정하여 폭력혁명의 정당성을 부여하기 위해 전략전술을 개발한 거지. 폭력혁명의 정당성이 바로 인간의 본성에서 출발하는 것 인데... 그래서 수단인 전략전술이 필요에 따라 권력쟁취의 목적으로 변형되어 수 없는 만행을 자행하고 있는 거지."

"혁명을 위한 수단으로서 전략전술이 있는 것이며 혁명의 과정에는 희생이 불가피하다고는 배웠습니다만."

"이보시게 형씨, 아무리 위대한 사상이고 이를 실천할 혁명이라 할지라도 희생, 그것도 피를 강요하는 것이라면 나는 반대요. 인류 역사에는 혁명이라는 이름으로 얼마나 많은 사람들이 희생되었던 가요? 특히 공산주의 혁명은 두 차례의 세계대전에서 희생된 숫자보다 더 많은 희생이 있었다는 것을 알아요?"

중국인 친구는 묵묵부답이다.

"형님, 맑스의『자본론』을 읽으신 적 있습니까?"

"공부하느라 번역서 정도 읽었지. 동생은?"

"저는 요약본 정도지요, 형씨는 다 읽어 봤겠네?"

"무슨 말씀. 그 방대한 내용을 저희도 그저 핵심내용만 배우는 겁니다. 당원들에게는 필수 과정이라 합디다만."

"마침 생각나는 게 있네, 『배꼽』이란 소설로 유명한 '오쇼 라즈니쉬'는 10만 권의 책을 읽었다는데『자본론』에 대해서 이렇게 말했어.

'공산주의자들이 금과옥조로 받들고 있는 자본론은 인류 역사상 가장 해로운 책이다. 그러나 수천만의 사람을 지배했으니 어떤 면에서는 위대하다고 할 수 있다. 하지만 칼 맑스는 전혀 경제학자가 아니라 몽상가였을 뿐이다. 꿈꾸는 자이며, 시인이었다. 그것도 삼류 시인이었다. 그는 훌륭한 작가도 되지 못했다. 아무도『자본론』을 읽지 않는다. 그럼에도 불구하고 내가 이 책을 언급하는 것은 그것을 읽으라는 뜻이 아니라 읽지 말라는 뜻에서다.

이 말에 밑줄을 그어라. 이 책을 읽지 말라! 세상엔 읽어야 할 책이 너무도 많다.『자본론』까지 읽을 필요는 없다' 정곡을 찌른 말이지 않나?"

"쯧쯧, 맑스가 3류 시인이라? 3류 시인이 만든 허상의 늪에 15억의 우리 인민들이 허우적거리고 있습니다그려."

"이밥에 고기국은커녕, 굶주림에 허덕이는 고난의 혁명인거 지."

"어이구, 우리 역사를 얘기하다가 어쩌다 이런 얘기까지……."

"그렇구먼, 암튼 오성취루를 직접 보았으니 입증된 셈이고……."

"하지만 이런 사실을 우리만 알고 있으니 안타깝습니다. 사실을 전할 수도 없고……."

"그렇긴 하네. 아니지, 아니지. 우리 말고도 입증시킨 사람이 있잖아, 그것도 과학적인 방법으로 말이야. 박석재 교수팀 말일세~"

"박석재 교수팀이라뇨?"

"내가 TV에 봤다는 그 교수야. 기억을 되살려 확인하였더니 2005년 '닮고 싶고 되고 싶은 과학자'로 선정된 바 있는 한국천문연구원 원장이던 박석재 교수와 그 후학들인 박창범 교수, 나대일 교수가 2012년 정확히 검증하였다는 거야. 뿐만 아니고 단군세기에 기록된 조수현상이나 일식현상도 검증하였다는군."

"아~ 그런 사실을 난 왜 몰랐지? 허기야 그때는 이런 것에 별 관심이 없었기도 하였지만. 이런 사실을 가르쳤어야 했는데……."

동생은 푸념에 한탄하듯 말했다.

"나는 말이지, 검증이나 입증도 중요하지만 우리 선조들이

3,700여 년 전에 조수나 일식 등 천문현상을 정확히 관측할 수 있는 체제를 갖추었다는 것에 더 의미를 주고 싶구먼."

"그렇습니다. 부족연맹 국가로 고대 국가체제도 제대로 갖추지 못한 보잘것없는 미개한 나라로만 생각했었습니다."

"나는 고조선은 말할 것도 없고 초기 삼국시대도 제대로 된 국가가 아니라고 배웠거든, 결과적으로 우리는 반만 년 역사를 말하면서도 겨우 2,000년의 역사만 배운 셈이군."

"역사를 가르쳤다는 선생님으로서 한없는 부끄럼을 느낍니다."

"동생, 혹시 '국민교육헌장'이라는 것 아는가?"

"알고 말고요. 학생 때 그걸 외우느라 씨름했지요, 그런데 갑자기 국민교육헌장은 왜요?"

"음, 거기 첫머리에 '우리는 민족중흥의 역사적 사명을 띠고~'라는 구절이 있는데 '민족중흥'이라는 의미가 무엇이라 생각하는가?"

"민족중흥? 글쎄요, 말 그대로 우리 민족이 다시 일어나자는 뜻 아닌가요?"

"그렇겠지. 그런데 다시 일어나고자 한다면 어느 시대가 모델일까?"

"형님께서는 단군조선시대를 염두에 두는 모양입니다."

"과거에는 고구려시대를 생각했는데, 단군조선을 알고부터는 생각이 달라졌다네."

"저도 그렇게 생각됩니다."

"지금 생각해 보니 단군조선 건국일을 개천절이라 이름 지어 국경일로 정했다는 것은 단군조선의 건국이념을 계승한다는 의미가 아니었을까? 그 연장선에서 민족중흥이란 말이 등장했을 수도……."

"弘益人間^(홍익인간) 말입니까?"

"그렇지 홍익인간. 얼마나 훌륭한 말인가? '널리 널리 이익이 되는 인간.'"

"건국이념이 '홍익인간'입니까? 좋은 이념입니다."

중국인 강씨의 말이다.

"형님, 홍익인간이 단군조선의 건국이념이 아닙니다."

"무슨 말인가? 단군조선의 것이 아니라니?"

"배달국의 이념이라 할 수 있습니다."

"배달국? 배달국이나 조선은 같은 것 아닌가? 아! 지난번 가림토 문자 때문에 보았던 가륵 천자님과 삼랑 을보륵이 대화하는 중에 그 말이 나왔지. 그리고 이 소도도 배달국에서 유래되었다고 했지."

"그렇습니다. 저도 여기 오기 전까지는 믿지 않았지만."

"가만, 가만. 환웅천황님이니 배달국이니 하는 말을 들었는데, 단군조선 이전에 정말 배달국이 있었다는 것인가? 그 배달국은 누가 세운거지? 그리고 홍익인간도?"

"桓雄^(환웅)입니다."

"환웅이라니? 환웅은 단군왕검의 아버지가 아니신가? 물론 신

화이긴 하지만, 『삼국유사』에도 그렇게 기록된 걸로 아는데.”

“좀 더 연구해 봐야 하겠습니다만, 환웅도 단군처럼 사람은 아니고 최고 首長^{수장}의 명칭인 것 같습니다.”

“수장? 왕이라는 뜻? 그러면 그 배달국은 몇 년간 지속되었으며 그 영토는 어디일까?”

“저도 모르겠습니다. 확인하러 여행해 보시죠?”

“그래야겠지, 그런데 막연히 갈 수도 없고……”

“그 『삼국유사』라는 책에 기록이 있다면서요? 그것부터 확인해 보시면 되지 않습니까?”

둘째 동생인 중국인 강 씨가 낸 아이디어이다.

“맞아요, 굿 아이디어입니다. 형씨.”

“그러면 『삼국유사』를 보러 가세나. 집현전에 가면 있겠지.”

“예. 거기가면 『삼국유사』 말고도 다른 기록도 있을 겁니다.”

~단군조선 건국일을 개천절이라 이름 지어 국경일로 정했다는 것은 단군조선의 건국이념을 계승한다는 의미가 아니었을까? 그 연장선에서 민족중흥이란 말이 등장했을 수도…….

> ~ 단군조선 건국일을 개천절이라 이름 지어 국경일로 정했다는 것은 단군조선의 건국이념을 계승한다는 의미가 아니었을까? 그 연장선에서 민족중흥이란 말이 등장했을 수도…….